精灵迷雾

The Coming of The Fairies

[英] 阿瑟·柯南·道尔 著

王蕙林 译

花城出版社

图书在版编目（CIP）数据

精灵迷雾 /（英）阿瑟·柯南·道尔著；王蕙林译. -- 广州：花城出版社，2024.9. -- ISBN 978-7-5749-0306-7

Ⅰ. I561.55

中国国家版本馆 CIP 数据核字第 2024MN2024 号

出 版 人	张 懿
特约策划	金丽红 黎 波
责任编辑	欧阳佳子
特约编辑	张 维 武 斐
责任校对	衣 然
技术编辑	林佳莹
封面设计	郭 璐
内文制作	张景莹
责任印制	张志杰 王会利
媒体运营	刘 冲 刘 峥 洪振宇
法律顾问	梁 飞
版权代理	何 红
数字平台统筹	高 梦

书　　名	精灵迷雾 JINGLING MIWU
出版发行	花城出版社 （广州市环市东路水荫路 11 号）
经　　销	全国新华书店
印　　刷	天津盛辉印刷有限公司 （天津市宝坻区天宝工业园宝富道 2 号）
开　　本	787 毫米 ×1092 毫米　32 开
印　　张	8.5　10 插页
字　　数	120 千字
版　　次	2024 年 9 月第 1 版　2024 年 9 月第 1 次印刷
定　　价	58.00 元

如发现印装质量问题，请直接与印刷厂联系调换。
购书热线：010-58678881
花城出版社网站：http://www.fcph.com.cn

阿瑟·柯南·道尔

前 言

我在这本书里收录了声名远扬的"科廷利精灵"照片，并提供了与之相关的全部证据。至于那些照片到底是真是假，我相信，各位勤勉的读者在阅读过我给出的全部信息后，心里一定能够做出自己的判断，不需要我再多说什么。我写这本书的目的并不是证明那些照片绝对真实，只是想单纯罗列一组事实，让读者根据它们自行选择到底该不该接受那些事实所衍生出的推论。

然而我想警告诸位批评家，千万别被某种诡辩引入歧途——诚然，某些善于弄虚作假的职业骗子确实有能力炮制出像"科廷利精灵"照片那样的画面效果，但这并不能证明该照片的原件就是假的。现实中的一切事物几乎都可以被仿造出来，而一种由来已久的观点认为，既然魔术师能在它们预备好的底版或舞台上制造出某种特定结果，那么，如果某些未经训练的普通人在自然条件下也获得了与之相似的结果，该结果就一定也是假的。我知道，对于明智的公众而言，这种观点无疑不值一哂。

此外我还要补充一点："类人生命形式的客观存在"这一主题，与更为宏大且重要得多的唯灵论①问题并无关联。如果我对"科廷利精灵"这一离奇事件的阐述，会以任何形式削弱我在唯灵论问题上给出的支持性论据，那都将使我深感遗憾。毕竟实际上，本书所涉及的事件与观点，与人类每个单独个体的持续存在是没有关系的。

阿瑟·柯南·道尔
1922年3月于克罗伯勒

---

① 唯灵论是一种古老的观念，宣扬自然界存在着非物质性的感知实体或意识实体，即灵魂（soul）或灵（spirit），可以在人进入诸如入定（trance）之类的特殊精神状态时与之建立沟通，并具有影响物质世界的神奇力量，掌握"通灵"能力的人则被称为灵媒（medium）。现代灵学界一般奉瑞典人伊曼纽·斯威登堡（1688—1772）为鼻祖。自19世纪中后期开始，唯灵论经历回潮，尝试通过各种方式验证灵魂存在并试图与之交流。柯南·道尔也是一名唯灵论者。

目　录 | CONTENTS

第 1 章　事件是如何发生的　…001

第 2 章　首篇正式出版的报告
　　　　（《斯特兰德杂志》，1920 年圣诞号）　…037

第 3 章　第一批照片引发的反响　…063

第 4 章　第二批照片　…107

第 5 章　一位遥视者在科廷利峡谷的观察记录
　　　　（1921 年 8 月）　…127

第 6 章　证明精灵存在的众多独立证据　…145

第 7 章　事件曝光后的一些新证据　…179

第 8 章　通神学对于精灵的阐释　…205

译后记　…237

爱德华·L. 加德纳

第 1 章
事件是如何发生的

这本小书中阐述的一系列事件，如果不是公众有史以来遭遇过的设计最精心、构思最巧妙的骗局，就得算作人类历史进程中具有划时代性质的重大事件了。我们很难理解，如果我们真能证明精灵的存在，到底会引发怎样的最终结果。

也许精灵与我们一样生活在这颗星球的表面，数量与人类不相上下，日常以其自身的奇特方式追求着奇特生活，而他们之所以隐匿无踪，可能仅仅是因为在振动频率方面与我们有所差异。人类只能看到可见光谱范围内的物体，但是，在可见光谱的两端，其实还存在着无穷无尽的其他频率的振动，只是我们感知不到罢了。试想，如果世界上真有这样一个族群，他们是由振动频率高于或低于人类可感频率的物质所构成的，那么，除非我们提高自身振动频率或降低他们的振动频率，否则就不可能看见他们。正是这种调高自身振动频率以适应他者频率的能力，造就了遥视[①]者。

在我看来，某些人拥有见他人所不可见的能力，丝毫也不违背科学。如果那些东西真的存在，而人类也致力于将大脑的创造性能力用于解决这个问题的话，那么我们未来很有可能会发明出类似于通灵眼镜一类的东西，让我们得以感知到这个更广阔的世界。虽然这现在听上去令人难以置信，但若假以时日，一切都是大有希望的。既然高压电可以通过机械装置转化为低压电，用于各类用途，那么以太的振动与光的波动为什么不能进行类似的转化呢？

当然，以上种种仅是一种猜想，尚缺实证。然而，

[①] 遥视即 clairvoyance，是一种超感官知觉，又称"千里眼"。此能力能透过普通感官之外的通道，看到遥远的人和事物，或是能"看透"不透明物，或是能感知到人类正常情况下接收不到的能量。——译者注。以下如无特殊说明，均为译者注。

在1920年5月初的一天，我在和一位给《光明》①周刊担任编辑的朋友高先生谈话时得知，据传有人拍摄到了精灵的照片。他自己并未亲眼见过那些照片，但他介绍我认识了斯盖查德小姐——一位在知识与判断力方面都令我十分敬佩的女性。我与她取得联系，得知她也没有见过那些照片，但是她的朋友——加德纳小姐，确实亲眼见过。5月13日，斯盖查德小姐写信给我，说她正在追踪此事，并附上了加德纳小姐写给她的一封信的摘录，内容详见下文。之所以我把这么早期的通信原文展示给大家，是因为我认为，很多读者都对这一非凡事件的缘起深感兴趣，想以内部视角了解一切经过与细节。加德纳小姐在信中提到她的哥哥加德纳先生，并说道：

  你知道的，爱德华是一名资深的通神论者。目前他把主要精力都放在了演讲和为学会做的一些其他工作上面。尽管多年以来我一直都认为他满脑子

---

① 《光明》（*Light*）是聚焦于心灵学与神秘学的英国周刊，由精神主义者联盟于1881年创办。在1887年至1930年，该周刊刊登了阿瑟·柯南·道尔撰写的多篇文章与信件。

荒谬观念，简直不可救药，但近来我却发觉，与他交谈竟然成了一件令人愉悦的幸事。很庆幸在他的亲友去世时，我刚好也在威利斯顿，因为这让我得以在他身边，亲眼见证他的信仰与信念给他带去了多么强大的支撑与安慰。也许今后他会把越来越多的时间与精力投入周游演讲等事业当中去吧。

他的手里有张照片，我很希望你能瞧瞧。他一直相信这个世界上存在小仙子①、皮克希②和哥布林③等——在很多情况下，小孩子真的能够看见他们，并和他们一起玩耍。前一阵子，他与住在布拉德福德的一家人取得了联系。他们家里有个小女儿名叫艾尔西，她和她的表妹弗朗西斯说两人常到森林里去，和精灵一起玩耍。艾尔西的爸

---

① 小仙子（fairy），西方文化传说里的一种生物。其体形娇小，状似少女，长有翅膀，拥有超自然的能力。后文指代仙子、精灵等所用的"他"或"她"皆以原著为准翻译。
② 皮克希（pixie），英国民间传说中的神话生物。个头很小，比人的手掌大不了多少，长着尖耳朵，身穿绿色衣服，头戴尖帽子，喜欢调皮捣蛋。
③ 哥布林（goblin），西方神话故事里的类人生物。一般都有长长的尖耳，矮小而丑陋。哥布林与诺姆（gnome）很相似，经常被混淆，却不是同一种生物。

爸妈妈都对这话表示怀疑,说她们简直是在胡说八道,丝毫也不愿意理解她们。但她们的一位姨妈——爱德华采访过她——却对她们表示了同情与支持。不久前,艾尔西说她想给精灵们拍照,并恳求爸爸把照相机借给她用。一开始她总是遭到拒绝,但最终还是设法从爸爸那里借到了照相机和一张底版。她和弗朗西斯一起跑出家门,来到瀑布边的一片树林里。用她们的话说,弗朗西斯负责把他们给"引出来",而艾尔西则负责拿好照相机站在一边。很快,三个小仙子出现了,还有一个皮克希来到弗朗西斯的灵气①中翩翩起舞。艾尔西按下快门,心中默默祈祷这张照片没有失败。

爸爸过了很久都没理会这张照片,但最后还是把它给冲洗出来了。令他大感意外的是,画面中竟

---

① 灵气(aura),又称"人体辉光""灵光",实际上就是气场,指由生物体散发出的具有发光和多彩特性的光环,据称有一些人能看到。被许多唯灵论者、玄学家和另类医学的实践者看作是个体不可或缺的部分。

然出现了四个可爱的小身影，非常清晰，无比美丽！

爱德华拿到了那张负片，把它交给一位能够立刻辨别其真伪的摄影专家进行鉴别。尽管那位专家起初心存怀疑，但在进行验证后，却表示愿意出价一百英镑将其买下，并宣布这张照片绝对真实，是一幅极其出色的摄影作品。爱德华将照片放大，挂在自己家的大厅里。他对此事深感兴趣，打算尽早赶到布拉德福德去会一会那两个孩子。对此你怎么看？爱德华说了些什么"那些精灵处于和有翼昆虫相同的进化阶段"之类的话。我恐怕自己并未完全理解他的整个推理过程，但我知道你肯定会对这件事很感兴趣的。我真希望你能看看那张照片。除此以外还有另外一张照片，照片里的女孩正在和一只你能想象到的最为古怪的哥布林玩耍！

这封信给我带来了希望，促使我重新开始追寻那些照片。我了解到，照片总共两张，目前都被送到那家人的朋友——布洛姆菲尔德小姐那里进行检验去了。因此，

我调整搜寻方向,给那位小姐寄去了一封问询函。她的回信答复如下:

贝肯纳姆　默特尔斯[①]

1920 年 6 月 21 日

敬爱的先生:

我把两张精灵的照片寄给您了。它们挺有意思的,不是吗?

我相信我的堂兄肯定会很乐意让您看到它们,但他说过(而且还在事后写信给我),希望我们目前先不要以任何形式使用这两张照片。我相信他在心里已为它们做了相关计划,而且它们还将受到版权保护。版权应该不会归他所有。他目前还没有完成全部调查。我问过他我能否翻拍这些照片,以便

[①] 贝肯纳姆(Beckenham)为英国伦敦布罗姆利区的一个地区,坐落于伦敦东南部。默特尔斯(Myrtles)为作者的福尔摩斯系列小说《希腊译员》中虚构的地名。

打印出几张分发给感兴趣的朋友们,但他写信给我说,他希望我们现在先什么都不要做。

很不巧,我堂兄这段日子刚好出门去了。不过我可以告诉您,他的名字叫作爱德华·L.加德纳,是通神学会①某个分支机构(勃拉瓦茨基分会②)的会长,经常在该分会的礼堂(莫蒂默堂,莫蒂默广场西侧)进行演讲。几个礼拜前,他在那里演讲时曾在大屏幕上展示过那些精灵,并将自己对其所知的一切都介绍给了大家。

E.布洛姆菲尔德敬启

这封信中附有收录于本书中的那两张引人注目的精灵照片。其中一张照片展示了舞动的哥布林,另一张则

---

① 通神学会(Theosophical Society)是由俄罗斯帝国时期的通灵者勃拉瓦茨基夫人、美国军官奥尔科特于1875年创立的协会,主要研究卡巴拉犹太秘教和神秘主义等,后来迅速发展成世界性的组织。1882年,通神学会的总部在印度马德拉斯的阿迪亚尔成立。
② 勃拉瓦茨基分会1887年5月19日于伦敦成立。创立者为海伦娜·勃拉瓦茨基夫人和其余13名通神学会伦敦分会的成员。

展示了围成一圈的木精灵①。我为两张照片都添加了阐释其要点的说明性注释。

看到那两张奇妙的照片后,我自然是十分高兴。我回信给布洛姆菲尔德小姐,对她的慷慨举动表示感谢,并提议开展一项调查,以彻底证明那些照片绝对真实。我说,在照片的真实性得到确认的前提下,我是很希望自己有幸能够帮助加德纳先生,并将这一重大发现公之于众的。很快,我便收到了下面这封她的回信:

贝肯纳姆　默特尔斯

1920 年 6 月 23 日

敬爱的阿瑟爵士:

您能喜欢那些精灵的照片,我可真是太高兴了!但凡我能帮得上一丁点儿忙,我都绝对会不遗余力地为您提供任何协助,但可惜我的能力实在太有限了。假如那些照片(我指负片)属于我的话,

---

① 木精灵(wood elf)是生活在林区的精灵的总称。

我怎么会不乐意请您用您那非凡的影响力，帮我们将如此梦幻的消息告诉大众呢？可惜按照目前的情况来看，我仍需就此事征求我堂兄的意见。我相信他是很愿意让大家了解这件事的，但正如我在上封信里说的那样，我并不清楚他的具体计划，也不确定他是否已经做好了公开这些照片的准备。

上次给您写信之后，我忽然想到，我应该把他妹妹的地址告诉您为好。她是一位理智而又务实的人，积极投身于社会福利工作，而她富有同情心的天性与高效的行事风格使她具有极其出色的工作表现。

她相信那些精灵的照片都是真的。爱德华是个聪明人，同时也是个正直的好人。我敢肯定，凡是认识他的人都会认为他很可靠，因为他对生活中任何事情所做出的证明都是绝对真实合理的。我希望我讲这些细节不会惹您厌烦，但是我想，对那些可谓算是"发现"了这些照片的人多些了解，一定会有助于您更加接近此事的本源。

我本人并不觉得那些照片是骗局或恶作剧,尽管我承认自己在初次见到它们时,确实认为事情并不像表面上看起来那么单纯,肯定暗藏玄机——毕竟它们看上去完美到不像真的呀!不过自那以后,随着我不断听到有关它们的各种细节,我逐渐开始相信它们是真实的——尽管我听到的一切信息都是爱德华对我说的。

他说他很期待能从那两位当事女孩儿身上了解到更多的信息。

E.布洛姆菲尔德敬启

大约在同一时间,我还收到了另一位女士的来信,她对此事也有一定了解。信的内容如下:

伦敦西北海格特路克罗夫当路29号
1920年6月24日

亲爱的阿瑟爵士：

听闻您对那些精灵深感兴趣，我非常高兴。如果真有人用照相机拍摄到了精灵——我们有充分理由相信这点——那么这一事件所具有的意义，便丝毫不亚于发现一个新世界了。也许我有一定理由向您提及以下这点——当我用放大镜对那些精灵进行仔细观察时，作为一名艺术家，我注意到，他们的手部与我们的似乎不太一样。尽管那些小家伙在其他方面看起来很像人类，但其手部在我看来却是这个样子的。（后面跟着一幅类似于鳍的草图）那只小小的诺姆[①]身上的胡须，在我看来很像昆虫身上长的附肢[②]。——尽管，毫无疑问，如果有遥视者看到他的话，一定会管那种东西叫胡须的。此外我还想到，照片里的精灵之所以显得那样苍白，也许

[①] 诺姆（gnome），一种欧洲传说生物，身材矮小，经常在地下活动，成群结队出没。诺姆可以存活数百年。由于诺姆的特性与其他传说生物很近似，经常被错误地当作哥布林或矮人。诺姆也被视为代表土的元素四精灵之一。
[②] 附肢，是指动物体主躯干以外的、由动物体自身所支配的部分躯干。昆虫的身体由许多体节构成，触角和足等是它的附肢。

是因为他们没有影子，而这也解释了他们为何会透露出一种带有人工制作痕迹的平面感。

梅·鲍利敬启

此时我的心里已经很有底了，因为我已亲眼见过那些照片，并了解到加德纳先生是一位头脑清明、品格端正的人，十分值得信赖。因此我写信给他，向他说明我是如何通过一系列中间人的介绍与他取得联系的，并表达了我对整件事的强烈兴趣。我对他说，我认为有必要把事实公布于众，这样才有可能在为时已晚之前启动自由调查。对于我的这封去信，加德纳先生回函如下：

哈勒斯登克雷文路5号，邮编：NW10

1920年6月25日

尊敬的阿瑟爵士：

我刚刚收到您于22日寄来的那封有趣的信。

我非常愿意以任何可能的方式向您提供协助。

提起那些照片，说来话长。我费了很大心思才终于将其搜集到手。主要是两位当事的女孩儿实在是太矜持和太害羞了……她们来自约克郡的一个技工家庭。据称，她们俩从很小的时候开始，就常到位于村子附近的森林里去，和小仙子与小精灵①一同玩耍。不过我就不在此处赘述整个过程了吧——也许我们可以找个时间见面详聊。

当我终于看到那些照片的时候，尽管冲洗质量相当低劣，但它们仍然令我大受震撼。我立刻恳请它们把真正的负片也交给我。得偿所愿后，我将负片递交给了两位一流的摄影专家——一位在伦敦，一位在利兹。伦敦那位专家对于这类事情并不熟悉，他宣称那些底版完全真实，并非伪造，但实在是令他感到无法理解！利兹的那位专家则对这一题材略知一二，还曾在几起"通灵"骗局的揭露过程中发

---

① 小精灵（elf），在童话故事中，是具有人形、长着尖耳朵的小巧生物，会使用魔法，喜欢捉弄人。

挥过重要作用,而他也对那些负片的真实性感到完全赞同,因此我便决定继续跟进。

我希望能够得到更多照片,但眼下的困难是如何安排两个女孩儿重新聚在一起。她们今年已经十六七岁了,都已经开始工作,还住在距离彼此几英里①远的地方。说不定,如果我们能够促使她们团聚,就能再让她们拍到一些新的照片,捕捉到其他类型精灵的身影。现有照片上的自然之灵处于尚未发展出个性的阶段,因此我很希望能够获得一些更高等级精灵的照片。但是,像这样的两个孩子其实罕见,而且我担心我们现在再开始行动已经有点儿迟了,因为几乎可以肯定的是,不可避免的事情很快就会发生——她们两个中的一个会"坠入爱河",然后——瞧着吧!!

顺带一提,我渴望避免金钱方面的问题。我可能无法做到尽善尽美,但我绝对不会主动将其引入合作。我们踏上的是寻求真理之旅,而没有

---

① 1英里合1.6093公里。

什么能比金钱纠葛更快玷污这条道路了。因此，就这方面而言，我将尽己所能，把能给的全部给您。

爱德华·L.加德纳敬上

这封信促使我来到伦敦，见到了加德纳先生。我发现他安静、稳健且内敛，完全不是那种容易激动或耽于幻想的人。他把那两张神奇照片的精美扩大版拿给我看，还跟我讲了很多的信息——那些信息都会呈现在本书后文当中。

在那之前，他和我谁都没有亲自去会见过那两个女孩儿，因此我们商量好，今后就由他来处理与人打交道的工作，而我则负责审查调研结果，并将其写成文章。此外我们还商定，他应尽快赶到那个村子去，结识每一位与此事件有关的人。

与此同时，我将照片的正片——有时也拿负片——展示给了几位朋友。他们对于心灵现象全都拥有令我钦佩的见识。

在我那几位朋友当中，奥利弗·洛奇[①]爵士当数最有权威的一个。我是在雅典娜俱乐部[②]的大厅里将那些照片摆在他面前的。时至今日，他凝神盯着那些照片时一脸震惊又深感兴趣的表情，仍能栩栩如生地浮现在我眼前。他以自己一贯的谨慎态度，拒绝仅凭表象就接受那些照片，还提出了这样一个假设：也许有人先拍下了加利福尼亚古典芭蕾舞者的照片，然后将其叠加在了一幅英国乡村背景上面。我争辩说，可是我们已经顺藤摸瓜地找到了照片拍摄者，发现是两位出身工匠阶层的孩子，而这种级别的摄影技巧是完全超出她们能力范围的。不过我还是没能说服他，而且时至今日我也不确定，他是否真的用心思考过这件事情。

我收到的最为严厉的批评，全都来自唯灵论者。也许这是因为精灵这种新的存在形式，不仅不能被归入人类的范畴，而且也无法被并入灵魂的领域，因此让他们感到

[①] 奥利弗·约瑟夫·洛奇（Oliver Joseph Lodge, 1851—1940），英国著名物理学家及发明家，电动扬声器发明者。
[②] 雅典娜俱乐部（Athenaeum Club）是伦敦的一个私人会员俱乐部，成立于1824年，为追求科学、文学和艺术卓越的人开设，著名会员包括狄更斯、达尔文、丘吉尔等。

无所适从了吧。很自然地，他们会担心这种存在形式一旦得到承认，就会让有关灵魂是否存在的争论变得更加复杂——而这个问题对于我们很多人而言都太重要了。

在所有的批评者中，有位绅士的意见值得一提——我在这里姑且将他称为"兰卡斯特先生"吧。他具有相当厉害的灵力，包括超感视觉和超感听觉，并运用这些能力将他那份平凡的工作做得得心应手——其能力与成就的对比显得有点儿矛盾，但像这样的矛盾其实也不算罕见。由于他声称自己时常能够看见那些"小人儿"，因此我对他的意见十分重视。他有一位指导灵[①]（我并不介意怀疑者脸上露出的微笑）与他谈到了这个问题。从指导灵的回答中我们可以发现，这种借助灵力进行调查询问的方法，真是既有优点也有缺点。1920年7月，他在一封给我的信中写道：

> 关于那些照片，我越琢磨就越是觉得很不对劲

---

① 指导灵（spirit guide）又称守护灵，在西方唯灵论中指比人类层次更高的一种宇宙生命体，会对人进行守护与引导。

（我指的是精灵们梳着巴黎发型的那张照片）。据我的指导灵说，这张照片的拍摄者是个肤色白皙的男人，个子不高，头发向后梳着；他有一个摄影棚，里面有很多照相机，其中一些照相机是"用把手转动的"。他拍这张照片不是为了诓骗唯灵论者，而是为了取悦照片里的小女孩儿——女孩儿在写童话故事，而他就用这种方式为她的故事配图。他不是唯灵论者，但如果真的有人被他的照片给骗到了，他肯定会捧腹大笑的。他住的地方离我们有一定距离，那里和这儿截然不同，房子不是呈直线排列的，而是星星点点散落在各处。他的样子一看就不是个英国人。根据描述，我认为他应该是丹麦人或者洛杉矶人——虽然我也只是瞎猜，但也姑且说给您听听。

我很喜欢拍摄这张照片所用的镜头，它将人物的快速动作定格得十分清晰，其光圈至少也有F4.5。我敢打赌它的价格高达50基尼[①]。来自工匠

[①] 基尼是英国旧时的一种金币，其中含有大约1/4盎司的黄金，1基尼等于21先令。

家庭的孩子们，应该不会为自己的手持照相机配备这么贵的镜头吧。然而，尽管快门速度理应很快，但背景中的瀑布水流却显得有些模糊，其模糊程度证明曝光时间至少长达一秒。唉，我还真是个疑神疑鬼的家伙啊！前几天有人对我说，虽然我不大可能上天堂，但如果我真的有幸到了那里，我应该：（1）坚持建立一个关于天使的卡片索引体系；（2）建立一个步枪靶场，以防范可能来自地狱的入侵。这就是我在那些自称了解我的人口中的不幸名声，他们一定会把我的批评当作吹毛求疵、故意找碴儿的——无论如何，在某种程度上是这样。

这一类通灵感受与信息，往往来自能在昏暗环境里看穿玻璃后方景象的那一类人，其中混杂着真理与谬误。当我把这封信交给加德纳先生时，他向我保证，总体来讲，信里的描述与斯内林先生和他周围的环境非常符合。斯内林先生就是实际处理负片的人，他曾对它们进行过各种检测，还放大了正片。因此，给兰卡斯特先生的指导灵留下深刻印象的，其实是事件后续的这段插曲，而不是其开端部分。当然我知道，对于普通读者来说，这些话其实完全证明不了任何问题，但我还是要把所有记录都公布出来。

兰卡斯特先生的意见对我们造成了极大影响，使我们深感自己必须不遗余力地查明真相才行。因此，我们又一次请人对那些底版进行了一番检查。检查结果详见下述信件：

> 哈勒斯登克雷文路5号，邮编：NW10
> 1920年7月12日

尊敬的阿瑟爵士：

我给您写这封小信是为了简单汇报一下检查进展，并感谢您给我寄来亲切的信函与柯达公司的检查结果。

一周前，在您提到兰卡斯特先生的意见以后，我感到有必要比之前更加仔细地检查一下负片，尽管上次的检查已经做得很彻底了。于是，我去了位于哈罗①的斯内林先生家，与他进行了一次长时间的面谈。我再一次向他强调，百分之百地确定照片为真到底有多重要。我想我应该告诉过您，这位斯内林先生与伦敦碳素印相公司②和伊林沃思的大型摄影工厂③都有三十多年的交情，并在专业领域中开展过形式丰富的合作。他自己也曾在自然环境中和摄影工作室里制作过很多精美的摄影作品。他最近刚在位于哈罗的威尔德斯通自立门户，目前干得非常不错。

斯内林先生对那两张负片完全真实的检测结果极其坚定。他说，他对那些照片可以做出如下两点断言：

---

① 哈罗（Harrow）是位于伦敦西北郊的一个地区。
② 伦敦碳素印相公司（Autotype Company）是 1876 年成立于伦敦的印刷商，从事照相制版印刷（使用碳素工艺）以及照相凹版印刷等。
③ 由托马斯·伊林沃思（Thomas Illingworth）创立于伦敦的工厂，其业务包括使用碳素印相工艺制作照片、制造相纸等。1920 年前后被英国的照相感光材料制造巨头伊尔福德（Ilford）收购。

1. 仅有一次曝光；

2. 在曝光过程中，所有精灵的身体都发生了移动。一切都是"瞬间定格的"。

我有些咄咄逼人地向他抛出了各种各样的问题，比如照片中的"小人儿"有没有可能是用纸张或硬纸板做的，背景有没有可能是绘制出来的，以及照片是否涉及现代摄影工作室里各种弄虚作假的技巧，等等。为了证明自己的观点，他又给我看了很多其他底版与照片，为我指出它们与那两张精灵照片的区别。此外他还补充说，如果一张照片进行了双重曝光的话，负片的背景颜色就会变深，而任何一个具有丰富经验的摄影师都能一眼看穿这点。他还从身边找出了一堆飞机的照片拿给我看，并通过那些照片向我指出，对于专业人士来说，鉴别物体的运动状态同样也是小菜一碟。

我不想假装自己完全理解他的所有观点，但我必须说，他完全说服我相信了他的两点断言。在我看来，把这两点加在一起，就能化解人们迄今为止提出的所有反对意见！斯内林先生愿意发表任何体现上述内容的声明，甚至毫不犹豫地愿意以自身名誉为其真实性进行担保。

从下周三开始到28号为止的这段时间，我会离开伦敦。其间，我会到宾利①进行为期一两天的实地考察。那两张负片已经妥善打包，随时可以安全寄走，我希望这两周左右您能保管它们。不过若您不愿接手，我可以把它们寄给柯达公司的韦斯特先生，或者请人交由他以征求意见，因为我认为，正如您所说的，如果他有直接和广泛的实际经验，那么他的意见就是值得一听的。

我现在非常急切地想查明这件事的真相。尽管我以前便很有把握，但经过那天与斯内林的面谈，我比以往任何时候都更加确信无疑了。

爱德华·L.加德纳敬上

---

① 宾利（Bingley）是英国西约克郡布拉德福德市的一个市镇，位于艾尔河、利兹和利物浦运河沿岸。

艾尔西与诺姆（照片 B）

由弗朗西斯拍摄的照片。1917年9月里的一个晴朗日子。"Midg"相机[1]。拍摄距离：8英尺[2]。快门速度：1/50秒。原始负片已按照与照片 A 相同的详尽方式进行了检测、放大与分析。这块底版曝光严重不足。艾尔西正在和诺姆玩耍，示意它到她的膝头上来。

---

[1] "Midg"照相机是由英国伦敦 W. Butcher & Sons 公司（1866—1926）于1902—1920年制造的四分之一版照相机。
[2] 1英尺合30.48厘米。

艾尔西与弗朗西斯

1917年6月,莱特先生用他刚刚入手的"Midg"照相机(他的第一台也是唯一一台照相机)拍下的一张快照。

科廷利村的小溪与峡谷

每张照片的拍摄地点被分别标记为 A、B、C、D、E，小屋被标记为 X。

收到这封信并拿到负片以后，我带着负片亲自到位于金斯威的柯达公司，拜访了韦斯特先生以及该公司的另外一位专家。他们仔细检查了底版，但谁也没在上面找到图像叠加或任何其他人工技巧的痕迹。不过另一方面他们也认为，如果他们将自己所有的知识和资源都调用起来的话，也是完全可以通过自然方式制造出这种照片的，因此他们无法确保这些照片是超自然现象的作品。当然，如果只把照片视为一种技术产物倒也完全合情合理，但是这种思维方式仍然带有反唯灵论观点的陈腐可耻气息，即既然训练有素的魔术师可以在他准备好的条件下制造出某种效果，那么，如果某些未经训练的女人和孩子也获得了与之相似的结果，则该结果就一定也是通过伪造得来的。

很明显，整个调查的关键点并不在于照片本身，而在于孩子们的个性与周围环境。为了与年纪较长的那个女孩儿建立私交，我已开始采取行动——为她寄去了一本书。随后，她的父亲给我写了一封简短的回信：

宾利　科廷利中心街 31 号

1920 年 7 月 12 日

尊敬的先生：

我希望您能原谅我们没有早点儿给您回信，并感谢您如此好心地将那本漂亮的书寄给艾尔西，她本人真的开心极了。我可以向您保证，我们全家都对您赏光向她赠书一事感激不已。

这本书是上周六早上我们动身前往海边度假后一小时送达的，因此我们直到昨晚才看到它。与此同时，我们还收到了加德纳先生的一封信，信中提到他想在 7 月底来看看我们。我们打算等到那时，将我们所知道的一切和盘托出。我现在非常盼望那一天能快点儿到来。

亚瑟·莱特敬上

显然，我们必须与他们多多进行直接接触才是。为此，加德纳先生前往北方与他们全家进行了交流，并对照片拍摄地的情况进行了详尽调查。后来，我撰写了一篇涵盖此事件所有方面的文章，并发表在了《斯特兰德杂志》①上，其中也包含了加德纳先生此行的结果，详情还请各位读者参考下一章的内容。在此，我仅补充一封他从约克郡归来后写给我的信件。

哈勒斯登克雷文路5号，邮编：NW10
1920年7月31日

我亲爱的柯南·道尔：

您的来信刚刚收到。我刚才用一个小时的时间

---

① 《斯特兰德杂志》（*The Strand Magazine*）是英国一家插图月刊，最初由乔治·纽恩斯主编于1891年创办，其宗旨是向读者提供"便宜的、健康的文学"，内容是"英国最优秀的作家"创作的小说和其他文章，以及"一流的外国作家作品的译著"。这是一份家庭杂志，因而通常特意刊登一些儿童故事。柯南·道尔的《夏洛克·福尔摩斯》就是杂志早期的连载小说之一。由于战后环境和出版费用的影响，1950年杂志停刊。

整理了一下手头信息，随后就赶紧动手写下了这封信，以便让您尽早收到随函所附的资料。您的时间一定十分紧张，所以我会尽量简化陈述，您只需从我的报告与资料当中酌情取用您需要的部分即可。随附资料一应俱全，其中包括新出的负片，四分之一版尺寸、半版尺寸[①]与放大后的照片，以及玻璃幻灯片[②]……

此外，我还将于周二拿到自己在山谷里拍的风景照片，照片中包含了那两张精灵照片的拍摄地；另外，我还将拿到两个女孩儿的一张摄于1917年的合影，当时她们脱了鞋袜，正在家后的小溪里玩耍。然后我还拿到了艾尔西的一张照片，照片里能看到她的手。

[①] 照相底版（通常是涂有感光材料的玻璃，但有时也用金属或纸）和胶卷有许多"标准"尺寸，这些尺寸都有固定名称，许多早期照相机都在其名称中包含了底版大小。"四分之一版"是3.25英寸×4.25英寸的名称，"半版"是4.75英寸×6.5英寸的名称。
[②] 玻璃幻灯片是在玻璃上制作的透明正片，需借助幻灯机的前身"魔术幻灯"（Magic Lantern）进行观看。最初由阿尔弗雷德·斯蒂格利茨在19世纪90年代制作。

关于您提出的几点问题，我的回复如下：

1. 我已取得明确许可，可以以我认为最合适的方式随意使用这些照片。照片可以发表在出版物上，唯一的限制条件是不得公开完整的人名和地址。

2. 供英国和美国使用的照片副本已经准备就绪。

3. ……柯达公司和伊林沃思公司的人都不愿意做证。关于前者的情况您已经很清楚了，至于伊林沃思公司那边，他们声称，通过在工作室中巧妙运用绘画与造型手段，他们也能制作出类似的负片。还有另外一家公司的专家断言，照片里有"模型"构建的痕迹。但是由于我看过了真实的拍摄现场，所以知道这话根本立不住脚！然而，他们所有人还是拒绝以任何形式公开发表自己的意见。撇开斯内林的观点不提，所有专家对于这些照片给出的最终检查结果就是：照片有可能是在工作室里加工制作的，但在负片上找不到正面确凿的证据表明确实如此。（也许我可以补充一点：昨天晚上我又见到了斯内林，他轻蔑地驳斥了这种负片可以被制作出来的说法。他声明，如果负片确属伪造，他肯定一眼就能看穿！）

4. 随函附上我的报告，请您随意使用。

艾尔西的父亲亚瑟·莱特先生给我留下了很好的印象。他对整件事情完全开诚布公。关于他自己对此次事件的看法，他是这样告诉我的——他完全无法理解这档子事，但是他很清楚也很肯定的是，当天晚上他从"Midg"照相机里取出来的底版，就是他在同一天早些时候放进去的那张。他在附近的一家庄园里担任电工，头脑清醒，非常聪明，给人以坦率和诚实的印象。说起来，我是后来才知道这一家人如此亲切款待我的原因：莱特夫人于几年前接触到了通神学的教义，并说这些教义对她大有裨益。她知道我与通神学会的关系，因此对我十分信任。出于这样的原因，我受到了他们热情到甚至让我有些惶惑的亲切接待。

顺带一提，我认为L先生[①]的指导灵肯定是碰

[①] 指上文提到的兰卡斯特先生。

到纯真可爱的小斯内林了！正如我昨晚意识到的那样，他很符合那位指导灵的描述。其实他确实制作过新的负片——你们现在所看到的照片就是用那些新的负片做出来的，而且他的房间里也确实堆满了带手柄的奇怪机器与各种摄影设备……

爱德华·L.加德纳敬上

看到这里，我相信各位读者一定都会认同，迄今为止，我们并未草率行事或者轻信他人，而是采取了一切常识性的步骤来检验这一事件的真实性。如果我们是不带偏见、一味求真的人，那么我们便别无选择，只能勇往直前，把自己的调查结果公布出来，以便他人能够从中发现我们未曾发现过的谬误。下一章是我发表在《斯特兰德杂志》上的一篇文章，如果其中某些内容已在本绪论章节当中有所涵盖，还请让我预先在此表示歉意。

第 2 章

首篇正式出版的报告

(《斯特兰德杂志》, 1920 年圣诞号)

如果本文所述事件与所附照片,能够顶住它们将会引起的批评,那么,可以毫不夸张地说,它们定将成为人类思想史上一个新时代的标志。我会把它们和所有证据都摆在公众面前,以供大家检验判断。

如果有人问我,我本人是否认为此案已经水落石出,我会回答,为了消除最后一丝怀疑的阴影,我希望能够找到一位公正无私的证人,请女孩儿们在他的见证下重新拍出一些精灵的照片。然而同时我也明白,想要实现这个任务非常困难,因为罕见的结果通常只在天时地利人和的情况下才会出现。

虽然尚且缺乏最终和决定性的证据,但我们仔细研究了每一个可能导致错误判断的原因。在此基础之上，我认为，此事应该算是一桩表面证据确凿的案件。可以想见，肯定会有一些人宣称这些照片是"假的"，而他们的说辞将会给那些还没机会了解当事人和相关地点的人们造成一定的影响。所幸我们已经对照片的摄影技术方面进行了彻底检查，为人们提出的每项疑问都给出了充分解答。现在，两张照片的命运休戚与共——要么都是假的，要么就都是真的。当然，所有的现有条件都指向了后一种可能性，即照片是真的。然而，在一个可能引发重大变革的问题上，人们确实需要找到某种压倒一切的证据，才有资格说，此事已经没有任何可以想见的漏洞了。

大约在今年 5 月份的时候，我从在人类思想史领域享有盛名的女士——费利西娅·斯盖查德小姐那里得到消息，说有人在英格兰北部拍到了两张精灵的照片，而且鉴于拍摄时的具体情形，该照片几乎没有伪造的可能。当然，即使放在平时，这种信息肯定也会立刻吸引到我。而巧的是，当时我正在为一篇关于精灵的文章收集材料（这篇文章现已完成），在收集过程中我发现，世上竟有那么多人声称自己曾经看到过那些小生灵。通观我收集的那些材料，当事人个个有头有脸，他们给出的证据也都极为完整翔实，因此我实在很难相信他们全都在撒谎。但是，出于某种偏爱怀疑的本性，我总感觉自己还需找到一些更确切的证据，才能打心底里相信精灵存在，并确信那些"精灵"不是由遥视者的想象或期待所创造出的"思想形态"①。正因如此，关于那两张照片的传闻引起了我极大的兴趣。我主动跟进此事，经由一位女士的介绍结识了另一位知情人，最后又通过她找到了爱德华·L. 加德纳先生。自从我们相识以来，他就成了我最得力的合作伙伴，关于此事的一切成果都应归功于他。值得一提的是，加德纳先生是通神学会执行委员会的成员，也是一位著名的神秘学讲师。

---

① 在唯灵论思想中，"思想形态"（thought-form）是某人思想、想法或情绪的表现。它能够被人们感知，并在精神世界中形成物质形态。

他本人当时也还没有掌握全部情况，但他把他已有的一切都交由我任意处置。我此前已经见过那些照片，但当我得知他的手中握有原始负片，而且两位专业摄影师——尤其是哈罗镇威尔德斯通布里奇 26 号的斯内林先生——正是通过检验负片而非打印出的照片才得出了支持照片真实性的结论时，还是长长地松了口气。关于这段故事，加德纳先生会在后文亲自给大家讲，因此我在这里仅补充一句：当时，他与"卡彭特一家"已经建立起直接而友好的人际关系。我们不得不对那一家人使用"卡彭特"的化名，并隐瞒其确切住址，因为很明显，如果身份遭到彻底暴露的话，他们的生活一定会被纷至沓来的信件和访问者搅得一塌糊涂。当然与此同时，只要人们能够尊重这种匿名性，我们也不会反对任何小型调查委员会去自行核查事实。总之，就目前而言，我们还是姑且称他们为住在西莱丁[①]达尔斯比村的卡彭特一

[①] 西莱丁地区（West Riding）又称约克郡西区，是英国历史上的一个行政区划，位于英格兰北部的约克郡。它于 1974 年被撤销，现为西约克郡、北约克郡、坎布里亚郡和兰开夏郡的一部分。

家吧。

　　据我们所知,那两张照片是在大约三年前,由卡彭特先生的女儿和外甥女(当时前者十六岁,后者十岁)拍下的——一张摄于夏天,另一张摄于初秋。卡彭特先生在精灵存在与否这件事上持不可知论态度,但由于他的女儿总说,她和表妹经常会在树林里面一起看到精灵,还跟他们成了相互熟识的好朋友,因此他便将一张底版塞进照相机里面交给了她。当天晚上,卡彭特先生将底版冲洗出来以后,面对着画面上翩翩起舞的小精灵们,惊诧莫名。

　　照片里,一个小女孩儿正越过那些小精灵望向她的玩伴,用眼神示意她该按快门了。这个小女孩儿就是爱丽丝(化名)——卡彭特先生的外甥女;而几个月后跟诺姆进行合影的女孩儿则是他的女儿艾瑞斯(化名)。据称,当卡彭特先生终于打算开始冲洗照片时,两个女孩儿都兴奋极了,艾瑞斯还闯进了他的小小暗房;当她看到精灵们的身影从溶液中逐渐显现出来时,她大声地朝门外正在因紧张而悸动不已的另一个女孩儿喊道:

"哦，爱丽丝，爱丽丝，底版上有啊，那些精灵！底版上真的有啊！"这是属于两个孩子的一场胜利。此前她们总是遭到嘲笑，就像许多如她们般的孩子一样，只因说出了自己亲眼所见的东西，就被这个充满怀疑的世界当成笑柄。

卡彭特先生在当地一家工厂里担任要职，他们这一家人在当地很有名望，备受尊重。卡彭特太太读过通神学的教义，并从那些教义中汲取到了很多精神力量，因此加德纳先生很容易就走近了他们——这个事实也显示出这家人是具有良好教养的。他们开始通信，所有信的内容都是坦率且诚实的，其中有些部分还表达了他们对这件事所可能引发的轰动而感到的惶恐。

我与加德纳先生会面后所得知的情况就是这些。然而很明显，已有信息并不充分，我们必须了解更多事实才行。我们带着负片去了柯达有限公司（Kodak, Ltd.），那里的两位专家没能在负片上面发现任何瑕疵，但还是拒绝为其真实性做证。大约他们也是为了避免麻烦吧。一位经验丰富的业余摄影师认为负片有伪造的嫌疑，因为照片里的"小小淑女"全都梳着精致的巴黎发型。另一家摄影公司——我实在不忍心说出它的名字——则宣称，这些照片的背景是用剧院小道具搭出来的，因此它们都是毫无价值的赝品。

不过，斯内林先生全心全意的支持给了我极大的支撑（我将在本文后半部分引用他的原话），与此同时，我还用这样一种宏观的视点来安慰自己：假设经过实地探访后，我们发现照片拍摄地的状况真如此前我们所听说的那样，那么事情便再清楚不过了——住在那样一个小村庄里的业余摄影师，怎么可能拥有足够的专业设备和技术，去炮制出连伦敦的顶级专家都无法识破的赝品呢？

在这样的情形之下，加德纳先生主动请缨，即刻北上进行调查——我原本也想与他一起参与这次探险行动的，可惜当时恰逢我要动身前往澳大利亚之际，相关准备工作实在逼得我分身乏术。加德纳先生本次调查行动的报告如下所附：

哈勒斯登克雷文路5号，邮编：NW10

1920年7月29日

1920年年初，我从一个朋友那里听说，有人在英格兰北部成功拍摄到了精灵照片。做了一些调查后，我搞到了那些照片，还知道了拍下那些照片的孩子叫什么和住在哪里。随后我便开始了与对方的通信。在通信过程中，我感到彼此交流非常坦诚顺畅、友好愉快，因此便斗胆请求对方将原始负片借我一用。结果没过几天，对方便给我寄来了两张四分之一版尺寸的玻璃底版，其中一张相当清晰，另一张则明显曝光不足。

亲眼看到那些负片以后，我不由得感叹它们真是令人惊叹的作品，因为上面毫无双重曝光或其他任何人工造假手段的痕迹，一看就是用最朴素的方法拍摄和冲洗出来的负片。

我骑车赶到哈罗去，向一位有着三十年实践经验的专业摄影师请教，因为我知道他一定会给我十分可靠的专业意见。我没做任何解释就直接把底版递给了他,问他觉得它们看起来怎么样。在仔细检查过那张"小仙子"的负片后,他惊呼起来:"我真是从没见过这么奇特的东西!""单一曝光!""小仙子的身体在动!""哎呀,这可绝对是张真照片!它到底是从哪儿来的?"

不用说,我们对负片进行了放大以供仔细检查——检查后得出的结论和最初毫无出入。我们先用每张负片制作出了一张"正片",这样,原始负片就可以原封不动地小心保存起来了;然后我们又准备出了新的负片,还增强了其画面的对比度,这样今后用它加洗的时候就能印出质量更好的照片了。原始负片现在由我保管,和刚收到的时候一模一样。没过多久,我们就准备出了一些品质很好的照片和玻璃幻灯片。

5月,我在于莫蒂默堂进行的一次演讲中展示了一些玻璃幻灯片,其中也包括了这两张。那次演讲引起了听众的极大兴趣,而主要原因就是这两张照片及其背后的故事。大约一个星期后,我收到了A.柯南·道尔爵士的一封来信，向我询问有关那些照片的情况。据我所知，他是从一位我们的共同朋友那里得到相关报告的。随后我与阿瑟爵士进行了会面。我原本计划等到9月的时候自己去调查一下照片来源的，因为我那时应该会到北方处理一些其他事情，可以顺便办理此事；但经过与阿瑟爵士的这次会面后，我同意加快调查的步伐，不再等到9月，而是立即北上。

其实，就在今天，7月29日，我刚刚结束了这趟有生以来最为妙趣横生、惊心动魄的短途旅行，刚刚回到伦敦！

在我启程前，我们花了些时间向其他专业摄影师询问对于原始负片的意见，而其中有一两位给出了较为负面的看法。倒是没有人直接说照片是伪造的，但确实有两位专家声称，他们有能力在工作室里使用彩绘模型等工具，制作出与此相似的负片。还有人提出了进一步的质疑：第一张照片中的小女孩儿有可能是站在一张堆满蕨类植物和苔藓的桌子后面，而且画面里的毒蘑菇显得很不自然；在诺姆

艾尔西站在1917年拍到诺姆的地点附近（摄于1920年）

弗朗西斯（摄于1920年）

弗朗西斯与精灵们（照片A）

照片由艾尔西拍摄。1917年7月，一个阳光明媚的日子。"Midg"照相机。拍摄距离：4英尺；快门速度：1/50秒。专业摄影师断言，原始负片上找不到丝毫合成、修整或其他任何复杂工艺的痕迹，完全就是一张在自然条件下于露天环境中拍摄的、绝对纯粹的单次曝光作品。负片曝光充分，实际上还有些过曝。弗朗西斯站在小溪岸边，而瀑布和岩石就位于她身后大约20英尺处。从照片右边的两个小仙子中间，可以瞥见后面还有第五个小仙子。据女孩儿们描述，小仙子身上的颜色是非常浅的粉色、绿色、薰衣草色和淡紫色，翅膀最鲜艳，到了四肢和衣饰处则逐渐褪为几乎纯白，总之每个小仙子都有属于自己的独特颜色。

的那张照片中，女孩儿伸出的手太长了，看起来不像是她自己的，而且那种过分均匀的阴影也显得很可疑，等等。他们提出的这些疑点全都合情合理，因此，尽管我在北上时告诉自己尽量别带任何偏见，但心里还是隐约觉得，自己有可能会在这趟个人调查中揭露出一些弄虚作假的证据。

在一段漫长的旅程终点，我抵达了位于约克郡的一个古色古香的村庄，找到了那所房子，并受到了那家人的热情款待。C夫人（即卡彭特夫人，后文简称C夫人）和她的女儿I（即艾瑞斯，照片中那个与诺姆玩耍的女孩儿，后文简称I）都在家里迎接我的到来，而女孩儿的父亲C先生（即卡彭特先生）没过多久也回来了。

对于专家们提出的几点疑问，我几乎立刻就找到了答案，因为，在抵达那所房子半个小时以后，我便来到了一个迷人的小山谷里开始进行探索。那个山谷就在房子后面，当中有一条小溪流过，孩子们说她们时常会在那里看到精灵，并和他们一起玩耍。我找到了第一张照片里女孩儿面前的河岸——据说拍照的时候她正脱了鞋袜站在那个河岸后面；和照片中一模一样的毒蘑菇遍地都是，个头儿很大，模样也很可爱。至于另一个女孩儿的手呢？嗯，她笑着让我答应别讲太多——那双手真的超级长！我站在照片的拍摄地，轻而易举地辨认出了照片中的每个特征。然后，在我想方设法套出有关此事一切信息的过程中，我收集到了以下这些内容。为了简洁起见，我将他们列示如下：

使用的照相机："Midg"四分之一版[1]。底版：Imperial Rapid[2]。

小仙子照片：拍摄于1917年7月。天气酷热，阳光明媚。时间是下午大约3点钟。拍摄距离：4英尺。快门速度：1/50秒。

诺姆照片：拍摄于1917年9月。天气晴朗，

---

[1] 许多早期照相机都在其名称中包含了底版大小。
[2] 由英国的帝国干版有限公司（The Imperial Dry Plate Co. Ltd.）所制造的一种底版。

但日照不如上一张照片强烈。时间是下午大约 4 点钟。拍摄距离：8 英尺。快门速度：1/50 秒。

当时 I 十六岁，她的表妹 A（即爱丽丝，后文简称 A）十岁。她们还尝试拍摄了其他照片，但都没有取得完全成功，底版也没有保留下来。

色彩：小仙子们呈现出极浅的绿色、粉色和淡紫色。翅膀的色彩比身体浓郁得多，身体的颜色淡得近乎纯白。据描述，那只诺姆似乎穿着黑色紧身裤和红棕色套头衫，头戴红色尖帽。他左手挥舞着双管长笛，正要跨到 I 的膝头。A 就在这个瞬间拍下了他。

表妹 A 当时只是来此暂住，没过多久就离开了。而 I 说，她们两个必须聚在一块儿才能"拍到照片"。幸运的是，她们几周之后还会再次见面。她们向我保证说会尽量再拍一些照片给我。I 还补充说，她很想拍到一张精灵飞舞的照片给我看看。

C 先生的证言清晰果断，不容置疑。他的女儿曾恳求他让她使用相机。起初他坚决不肯，但架不

住女儿的软磨硬泡,在一个周六的晚餐过后,他终于缴械投降,往"Midg"相机里放进一张底版,并将其交给了两个女孩儿。她们不到一个小时就回来了,回来后立刻恳求他帮她们将底版冲洗出来,因为|"拍到了一张照片"。他照做了,结果就看到那些小仙子浮现在画面之上。这可真是让他大惑不解!

C夫人说,她清楚地记得,女孩儿们出门之后不久就把照相机带回来了。

尽管那些照片十分非凡与惊人,但现在我已完全相信它们是真的了。事实上,任你是谁,在面对着这一家人如此诚实朴素的证词时,都会像我一样深信不疑的。我并不打算在这些证词的基础上添加我自己的解读或理论,只想强调一点:很明显,想要增强精灵的以太体[1],使其能够显现在照片上,

---

[1] 通神学教义认为,以太体(etheric body)是人体能量场或气场的第一层或最低层。以太体与物质性身体直接接触,维持着物质性身体并将其与更高层次的能量场连接起来。通神学教义还认为,精灵的进化路径有别于人类,最终会化身为天神(deva)而非人类,因此它们只拥有以太体,而没有物质性身体。

是需要两个人同时在场的——当然最好是两个孩子同时在场。除了这一点之外，我没有什么其他要发表的意见，只想平实客观地讲述我在这一事件中的所见所闻。

最后我还想再补充一点，那就是，这家人似乎从未试图公开这些照片。尽管后来照片还是在当地传开了，但却并非是由这一家人散播的。此外，他们也从未牵扯到任何金钱交易当中。

爱德华·L.加德纳

在加德纳先生的这篇报告中，我还可以添加一个脚注：那个女孩儿在与他交谈时曾告诉他说，她对精灵们的行为没有任何控制能力，用她的话讲，想要"把他们引出来"，唯一的方法就是被动地坐着，静静地在头脑当中想着这件事情；然后，当远处出现微弱的动静，预示着他们即将到来时，就向他们招手表示欢迎。艾瑞斯指出，那只诺姆手里拿着双管长笛，而我们最初全都以为那是飞蛾后翅上的斑纹。她补充说，当树林里寂静无风时，就有可能听到那笛子所发出的非常微弱的高音。对于某些摄影师提出的另外一点疑问，即那些精灵身上为何没有与人相似的阴影，我们的回答是：被命名为"灵质"①的以太原生质有其独特的微弱亮度，而这会在很大程度上削弱阴影。

　　我认为加德纳先生的报告非常清晰，完全令人信服。在此还请允许我在这份报告的基础之上，再引述一下摄影专家斯内林先生允许我们公开使用的言论。斯内林先生展现出了强大的精神力量，在这件事上采取了极为强硬的做派，把他作为专家的职业声誉作为赌注，为心灵研究做出了重要贡献。三十多年来，他一直与伦敦碳素印相公司和伊林沃思的大型摄影工厂保持着丰富多样的联系，还亲自制作过各种自然的与工作室合成的精美摄影作品。如果有人对他说，全英

---

① 灵质（ectoplasm）在超自然领域里指灵媒在通灵状态时口鼻等处流出的不透明灵体物质——实体化的灵魂。柯南·道尔曾将其形容为"一种黏稠的凝胶状物质，似乎与每一种已知的物质形式都不同"。

国有哪位专家能用假照片骗过他的眼睛,他肯定会哈哈大笑起来的。"这两张负片,"他说,"是完全真实、没有经过修饰的作品,单次曝光,露天拍摄,能看出精灵身体的动态,没有任何工作室技巧的痕迹——没有用到硬纸板或纸制模型,背景颜色没有加深,精灵本身也不是画出来的。在我看来,这两张绝对都是未经处理过的照片。"

斯内林先生这番建立在大量实际摄影经验基础上的独立意见,与加德纳先生的话一样,清楚地表明了两张照片的真实性。

作品拍摄地的实景照片也有力地支撑了我们的论点,而那些心怀不满的批评家原本还称照片里的背景是用剧场小道具搭出来的呢。我们可太了解这类批评家了,因为我们在进行各项心灵研究工作时总能遇见这类人。可惜,想要立刻向其他人证明他们的言论有多荒谬,却并不总是那么容易。

接下来,请容许我表明一下我自己的几点看法:首先,我用高倍镜仔仔细细地看了一遍这两张照片,结果发现了一个有趣的事实,即每张照片当中都出现了双管长笛——古人常将这种乐器与农牧神潘恩①和水泽仙女那伊阿得斯②联系在一起。可是话说回来,难道精灵的世界里就只有双管长笛,而没有别的东西了吗?笛子的出现,难道不是暗示着精灵们拥有一整套的生活器具吗?看看他们的衣服吧,显得多实在啊。在我看来,如果我们未来能够不断加深认知、更新视觉手段,就会发现这些小人儿其实就像因纽特人一样实实在在地存在于这个世界上了。精灵手中的双管长笛上有着装饰性的镶边,这表明他们在生活中是不缺乏艺术感的。当他们纵情舞动时,那小小的优雅身姿显得是多么无拘无束、欢欣愉悦啊!也许他们和我们一样,也有属于自己的阴影与试炼,但至少,通过照片所展现出的状态,我们可以看到他们的生活中是洋溢着一种极大的喜悦的。

我发现的另外一个值得注意的现象是,那些小仙子长得像人类与蝴蝶的结合体,而那个诺姆则更像人类

---

① 农牧神潘恩(faun)是希腊神话中半人半羊的神。
② 水泽仙女那伊阿得斯(naiads)是希腊神话中象征江河、湖泊、溪流、山泉乃至井水的仙女。

与飞蛾的组合体。不过我之所以会有这种观感，可能只是因为第二张负片曝光不足，以及拍照时光线较暗。也许那只小诺姆与第一张照片里的小仙子其实同属一个种族，只不过它是一个年长的男性，而那些小仙子则是欢笑嬉闹的年轻女性。不过，根据很多对精灵生活进行过认真研究的人记载，精灵当中也存在着很多不同的种类——有森林精灵、水精灵和平原精灵等——每个种类的大小、外貌和栖息地都大相径庭。

那么，这些小家伙有没有可能只不过是"思想形态"呢？由于他们看起来与我们传统观念中的精灵样貌非常相似，因此这种可能性是存在的。但其实，只要看看照片当中他们手握乐器敏捷活动的样子，我们就无法将其与"思想形态"联系在一起了，因为"思想形态"这个术语意味着一些模糊和无形的东西。从某种意义上来说，我们人类也都是思想形态，因为我们也都只能通过感官被他者所感知到；而正如我们人类是种客观存在一样，这些小家伙似乎也具有一种客观真实性——尽管由于其振动频率较为特殊，我们必须通过超自然能力或敏感的照相底版，才能捕捉到他们的身影。也许有人会觉得，照片里的精灵看起来与我们传统观念中的精灵样貌未免太像了些，很难洗脱人造的嫌疑；但那可能正是因为精灵从古至今一直存在，而我们每一代人中间有幸见过他们的人，对他们的描述基本上大同小异，所以才会形成所谓的传统观念吧。

加德纳先生的调查结果中有一件事未被谈及，但我认为还是应该提上一句：我们了解到，艾瑞斯其实很会画画，甚至还曾为一位珠宝商做过设计。这种情况自然需要我们多加小心，尽管我知道，只要是了解这个女孩儿坦率个性的人，都清楚她是不可能去弄虚作假的。然而，加德纳先生还是对她的绘画能力进行了测试。他让她画了各种东西，结果发现，她画风景虽然十分娴熟，但在试图重现她所见过的那些精灵形象时，却表现得极其平庸，画出来的东西与照片上的形象没有任何相似之处。此外，我还想要告诉那些手握放大镜的严谨批评家：你们说画面右边那个小仙子的面孔明显是用铅笔勾了边的，但那道"勾边"其实只是她的发丝而已，并不是铅笔的痕迹。

我必须承认,经过几个月的思考,我仍然无法弄清这一事件的真正意义。当然,它肯定会导致一两个显而易见的结果:孩子们的经历将会得到人们更加认真的对待;性能更好的相机会变得更加容易获得;更多证据确凿的精灵照片将会接踵而至;而那些似乎一直都生活在我们身边,只因一些振动频率方面的微小差异而与我们彼此分隔的小家伙,今后也将成为我们身边的熟识者。即使我们看不到他们的身影,但只要一想起他们的存在,就会让每条小溪和每个山谷都显得更有魅力,也会让每一次乡间散步都平添浪漫的情趣。对他们存在的认识,将会把 20 世纪唯物主义的心灵从深深的泥沼里拔出,并使它承认生命的魅力与神秘。认识到这一点以后,这个世界就不会认为那些已经摆在它面前的、由令人信服的物理现象所支持的灵魂通信难以接受了。

以上这些是我所能预见的结果,但结果可能还远远不止于此。当哥伦布跪在美洲大陆的边缘虔诚祈祷时,哪位先知能预见一个新的大陆会对世界命运产生怎样的影响呢？我们此刻似乎也已站到了一块新大陆的边缘，但这块大陆与我们之间隔着的不是海洋，而是微妙却可以被超越的心灵条件。我怀着敬畏的心情望向前方。也许这些小生灵会因与我们进行接触而遭受苦难，就像当年印第安人因与欧洲人接触而惨遭毁灭一样，重演让拉斯·卡萨斯[①]悲痛欲绝的那种历史惨剧！如果真是这样，那么人类世界确认他们存在的那一天，就将成为一个邪恶的日子。不过，有只看不见的大手一直都在指引着人类的事务，而我们只能选择相信并跟随它的指引不断前行。

[①] 巴托洛梅·德·拉斯·卡萨斯（Bartolomé de las Casas，1474—1566），西班牙天主教神父，历史学家。曾在印第安人中进行传教活动。在西班牙呼吁停止对印第安人的虐杀，被授予"印第安人保护官"称号。著有《印第安人史》，严厉谴责西班牙在拉丁美洲屠杀印第安人的罪行，是记载西班牙在美洲早期殖民活动的最有价值的一部著作。

第 3 章
第一批照片引发的反响

当时我不在英国，但即使远在澳大利亚，我也能够意识到，当第一批照片出现在《斯特兰德杂志》上时，它们在公众中引发了多么强烈的反响。媒体的评论当然还是比较谨慎的，但也并未完全表示反对。不出所料，我又听到了叫嚣说这些照片是"赝品"的陈词滥调，但那呼声却并没有我想象的那么"震耳欲聋"。话说回来，在这几年的时间里，媒体在有关心灵现象的问题上，视野正在不断拓宽。他们已经不会再像过去那样，只要一碰到超自然事物显现的事件，就将其定性为欺诈了。

约克郡的几家报纸都对此事进行了详细调查。有人告诉我,当事人一家方圆几英里内的摄影师都遭到了盘问,以确定他们是否充当了这件事的同谋。《真相》①这份期刊一直以来都认为,整个唯灵论运动以及与之相关的一切都是一场巨大而愚蠢的欺世惑众的阴谋,由骗子所炮制,由傻瓜来买单。它就此事发表了几篇十分符合其调性的、饱含蔑视与鄙夷的文章。在文章结尾处,作者恳求艾尔西别再胡闹,赶紧把事情的真相告诉大家算了。

在所有的攻击性报道中,还数《威斯敏斯特公报》②做得最为彻底。该报甚至派遣了一位特别专员去破解这一谜团,并于1921年1月12日发表了调查结果。由于该报无比宽宏大量地批准我引用那篇文章,我现将其转载如下:

---

① 《真相》(*Truth*)是一份英国期刊(1877—1957),由外交家和自由党政治家亨利·拉布谢尔创办,以揭露多种欺诈行为而闻名,并成为几起民事诉讼的中心。
② 《威斯敏斯特公报》(*Westminster Gazette*)是总部设在伦敦的一份有影响力的自由派日报。1893年1月创办,1928年1月停刊。

精灵真的存在吗？
在约克郡溪谷中进行的调查
科廷利之谜
拍到精灵照片的女孩的故事

最近，有两张精灵的照片——或者更准确地说，一张小仙子的照片和一张诺姆的照片——出现在媒体上，受到了公众的广泛关注。它们展示了精灵在小孩儿身边嬉戏玩耍时的场景，其所引发的热潮不仅席卷了据称存在着这种生灵的约克郡，并且还遍及全国。

A. 柯南·道尔爵士在《斯特兰德杂志》上讲述这个故事时，对其中的人物和地点使用了化名。他这样做，用他自己的话说，是为了防止当事人的生活被来访者和信件打扰；但他显然失策了，因为这种做法只会使得本就十分神秘的故事显得更加离奇。恐怕 A. 柯南·道尔爵士并不了解约克郡人，尤其是那些山谷里的居民，因为任何试图隐瞒当事人身份的做法，轻则立刻引起他们的怀疑，重则惹恼他们，叫他们大骂作者不够坦诚。

所以说，人们会对他的故事持有保留态度也就不足为奇了。我在约克郡逗留的短短几天里，无论跟谁谈起这个话题，对方都会冷冰冰地扔出一句"那肯定是假的"。几个星期以来，人们茶余饭后谈论最多的话题就是此事，但原因却并非照片本身，而是故事主人公的真实身份被发现了。

我这回去约克郡的主要使命，就是尽可能多地搜集一些证据，用以证明抑或反驳精灵存在的说法。但我必须坦率地承认，我失败了。

故事中的精灵国度是个风景如画、人迹罕至的小地方，距离宾利两三英里远。这里有个名叫科廷利的小村庄，几乎完全隐藏在高地的裂隙当中，一条名为科廷利溪的涓涓细流从中流过，汇入不到一英里开外的亚耳河中。A. 柯南·道尔爵士故事中的"女主角"是艾尔西·莱特小姐[①]，她和父母一起住

[①] 从此时起，人们提到这一家人的时候不再使用化名"卡彭特"，而是直呼其真名"莱特"，因为当事人已经撤回其反对意见。——原书注。

在林伍德台31号（31 Lynwood Terrace）。科廷利溪从她家的屋后流过，而照片就是在距离她家不到100码①远的溪边拍的。当莱特小姐与那些精灵相识相知时，她的表妹弗朗西斯·格里菲斯——现在住在斯卡布罗的迪恩路——一直都和她待在一起。

1917年夏天，当时十六岁的莱特小姐拍下了一张照片。照片里的女孩儿是她年仅十岁的表妹，而表妹的面前正有四个小仙子在空中翩翩起舞。几个月后，她们又拍下了另一张照片。照片里，艾尔西正坐在草地上，而一只奇特的诺姆正在她的身边跳舞。

在我进行调查取证的过程中，几个难以推翻的事实非常明显地浮现了出来：首先，尽管村子里的每个人都听说了精灵的存在，但除了两个女孩儿以外，谁也没有见过他们；其次，当艾尔西拍下那张照片时，她对照相机的用法还并不熟悉，却一次就拍摄成功了；再次，遇见这些神奇的小访客以后，

---

① 1码等于3英尺，约等于0.9144米。

女孩儿们竟然没有邀请第三个人来看看他们,也并未试图将这一发现公之于众。

我首先对莱特太太进行了采访。她毫不犹豫地向我讲述了整个情况,全程没带一句个人化的评论。她说,女孩儿们常在那个狭长的山谷里面待一整天,有时甚至会随身带上午餐,尽管那里离家只有一箭之遥。艾尔西身体并不壮实,户外活动对她很有好处,因此她在夏天的几个月里通常都会暂停工作,成天到户外去玩耍。她常说自己能够看见精灵,但她的父母都认为那不过是小孩子的幻想,于是也就并未理会。1917年,莱特先生入手了一台小型照相机。架不住女儿的再三恳求,他终于在一个星期六的下午允许她拿着照相机出门了。他在照相机里放好一张底版,然后向她解释了如何进行"抓拍"。孩子们兴高采烈地出了门,不到一个小时就回来了。到家后,她们请求莱特先生把底版冲洗出来。在冲洗的过程中,艾尔西看到精灵们的身影逐渐显现在底版上,不禁兴奋地对表妹喊道:"哦,弗朗西斯,底版上有那些精灵!"后来的第二张照片也同样获得成功。大约一年前,这家人用两张底版加洗出了几张照片送给朋友,让他们也一同欣赏这罕见的图像。那些照片显然没有引起什么注意,直到去年夏天,有人在哈罗盖特举行的一次通神学大会上,将其中的一张展示给了几位与会代表。

莱特太太给我一种知无不言、言无不尽的印象,十分坦率地回答了我提出的全部问题。她告诉我说,艾尔西向来是个诚实的女孩儿,有些邻居在听到精灵照片的故事以后,仅仅因为这是艾尔西亲口说的,就无条件地选择了相信。当我问起艾尔西的职业经历时,这位母亲说,她在离开学校以后,到布拉德福德的曼宁翰姆路上为一位摄影师工作了几个月,却因为每天大部分时间都被派去跑腿打杂而很不高兴。除了打杂以外,她在那里做的唯一一项工作就是"斑点修复"[①]。这些工作都不大可能教会一个

[①] "斑点修复"(spotting)是印刷照片过程中的一种修饰手段,用特制的颜料、染料、铅笔和钢笔弥补印刷成品中的微小缺陷。

艾尔西坐在1917年精灵起舞的河岸上（摄于1920年）

位于上一张照片拍摄地正上方的瀑布

弗朗西斯与腾空跃起的小仙子（照片C）

　　由艾尔西摄于1920年8月。"Cameo"照相机[①]。拍摄距离：3英尺。快门速度：1/50秒。这张负片以及后续的两张负片（D和E），都与最初的两张一样，经过了严格检查，并且同样没有发现任何伪造痕迹，一看就是完全真实的照片。而且，经查验，这些负片都是用专门送给她们的一包底版拍摄的，每张底版都在女孩儿不知情的情况下做了秘密标记。

[①] "Cameo"照相机是由英国伦敦W. Butcher & Sons公司于1915—1920年制造的四分之一版相机。与此前拍摄第一批照片所用的"Midg"照相机出自同一家公司。

十四岁的女孩儿如何"伪造"底版。从那里离开以后，她又去了一家珠宝店，但也没干多久。在拍下第一张精灵照片之前的几个月里，她一直都待在家里，没与任何拥有照相机的人有过交往。

在那个时候，她的父亲对摄影还知之甚少，用他自己的话说，他所有的技术都是"自己拿着照相机东躲西藏着摸索出来的"，因而，任何关于他伪造了底版的说法都毫无立足之地。

当他从附近的磨坊回到家里，得知我这一趟所为何来时，立刻就说自己已经"受够了"这整件事情，再没有什么可讲的了。不过，他还是为我详细讲了一遍我已经从他妻子那里听过一遍的故事，其中的每个细节都和妻子的版本相符。后来艾尔西在布拉德福德也跟我谈了一番，她的话里也没有出现任何与之前不一样的新信息。就这样，我分别在三个不同的时间点，从这一家三口口中把同一个故事听了三遍，而每一遍的信息都完全相同。女孩儿的父母承认，他们很难相信那些照片是真的，甚至还质问过两个女孩儿到底是用什么手段造的假。但孩子们坚称自己说的都是真的，否认自己有过任何不诚实的行为。于是他们也就没再多说什么，"随它去了"。时至今日，他们之所以能够勉强接受有关精灵存在的观念，也只是因为他们的女儿和她表妹是这样说的。

我在调查当中得知，从前艾尔西上学的时候，有位教师曾将她形容为一个"爱做梦"的女孩儿；而她的母亲则说，任何富有想象力的东西都会使她十分着迷。至于她能否在十六岁时画出那些精灵，我觉得倒是挺可疑的。最近她喜欢上了水彩画，我仔细看了看她的作品，发现她作为一个外行来说还真是挺会运用色彩的，但似乎还并不具备能画出照片中那些精灵的娴熟技艺。

A.柯南·道尔爵士曾说，起初他并不确定那些精灵是不是由遥视者的想象或期待所幻想出的"思想形态"。而通神学会执行委员会的一名成员——爱德华·L.加德纳先生，到现场进行了实地调查，还对莱特一家所有人都进行了采访，然后写报告说他认为那些照片都是真的。

当天晚些时候,我去了布拉德福德,在夏普圣诞卡片制造厂(Sharpe's Christmas Card Manufactory)见到了莱特小姐。她在楼上工作,起初不肯见我,只是捎信给我说她不想接受采访。我没有气馁,又请求了一次,结果这次她同意了。不久以后,她就出现在了制造厂入口处的一个小柜台前。

她是一个高挑修长的女孩儿,有着一头浓密的赤褐色头发,头上缠着一条窄窄的金色发带。

她一上来就像她的父母一样,说自己对那些照片无话可讲。而且神奇的是,她用的词都和爸爸妈妈一模一样:"我已经'受够了'这件事了。"

不过,随着采访的进行,她逐渐卸下心防,话也多了起来,还向我讲述了她拍下第一张照片的始末。

当被问及那些精灵打哪儿来时,她回答说她也不知道。

"你是亲眼看见他们到来的吗?"我问。得到肯定的答复后，我追问："那你肯定也注意到他们是从哪里来的了吧？"结果莱特小姐犹豫了一下，笑着回答："我真说不上来。"至于精灵们在她身边跳完舞后去了哪里，她也同样茫然不知。当我进一步追问具体细节时，她显得十分尴尬。有两三个问题她没回答上来，而当我试着说精灵们大概是"凭空消失了"时，她只回复了干巴巴的两个字："是的。"她说，精灵们没有和她说过话，她也没有和精灵们说过话。她还说，从前，她整天和表妹待在一起的时候，经常能够看见精灵。而她俩第一次见到精灵时，年纪都还很小，因此谁都没跟任何人提起过这事儿。

"但是，"我接着问，"在我的认知里，一个小朋友第一次见到精灵的时候，肯定会告诉自己的妈妈吧？"作为回应，她只是重申她谁也没有告诉。据她透露，她们是在1915年初次见到精灵的。

接着我又问了一些其他问题。作为回答，莱特小姐告诉我，她自打第一次见到精灵以后，就时常能够看见他们了；她给他们拍了照，而底版现在由加德纳先生保管。她还说，虽然她拍下第一批精灵照片以后，加洗了一些送给几个朋友，但在那之后，即使她再看见精灵，她也从未对人提起。村子里除了她俩，没人见过精灵，这件事情丝毫也不让她感到意外。她坚信，只有她和表妹是拥有这种幸运的人，除了她俩，谁都不可能受到命运如此的眷顾。"当时如果有第三个人在场的话，"她说，"精灵们肯定就不会出来了。"

我继续追问，想知道她为何敢做出这样的断言，但她对此只是报以微笑，并以一句意味深长的结语为我们的对话画上了句号："你是不会明白的。"

莱特小姐现在仍然相信精灵存在，并期待着能在即将到来的这个夏天再次见到他们。

在两个女孩儿看来，科廷利的精灵们肯定都是晴天精灵，因为莱特小姐说，他们只在阳光明媚的时候出现，阴天下雨的时候是绝不现身的。

在我听来，这个女孩儿说的所有话里最奇怪的部分就是，她这一阵子看到精灵的时候，发现他们比在1916年和1917年那会儿显得更加"透明"了。据她说,他们过去看起来是"相当实在"的。随后她又补充了一句:"毕竟,我们那会儿年纪还小嘛。"尽管我再三追问这话是什么意思,她也没有做进一步的说明。

在即将到来的这个夏天,科廷利这座迄今为止一直默默无闻的小村庄,有望成为众多精灵寻访者的朝圣地。约克郡有句老话:"咱只信咱亲眼所见。"这句话至今仍被当地人视作一句十分珍贵的格言。

这篇文章的总体基调清楚地表明,这位专员原本踌躇满志地准备揭露此案的全部真相,成功上演一出大反转。不过他似乎是一个公正而又聪明的人,没费什么力气就把自己的角色从控方律师转变成了宽容的法官。大家可以看到,他在报道当中并未提出什么我的文章里没有出现过的新信息,除了以下这个有趣的事实——弗朗西斯与小仙子的那张照片,绝对是两个孩子有生以来拍的第一张照片。在这种情况下,她们真有可能伪造出连那么多专家都检查不出问题的假照片来吗？既然艾尔西的父亲为人绝对诚信——这一点从来没有遭到过任何人的怀疑——那么，如果艾尔西真的伪造了照片，她唯一可能采取的伪造方式，就是先在纸上手绘一些小人儿，然后把那些小人儿剪下来当道具。而且，想要成功蒙混过关，她就必须做到以下所有事项：首先，那些小人儿必须画得精美绝伦、花样繁多；其次，在制作与保存纸人儿的过程中，她们必须完全避开父母的视线，藏得天衣无缝；最后，她们还必须保证照片里的小人儿即使在专家的火眼金睛之下，也能呈现出一种动态的效果才行。不是我说，这样的任务未免太艰巨了吧！

《威斯敏斯特公报》这篇文章还清楚地显示出了另外一点，那就是文章作者对心灵研究知之甚少。一个年轻女孩儿不知道精灵显现时从哪里来、消失后又去了何方，这竟然让他感到大为惊讶。其实我们都明白，精灵是在女孩儿独有的灵气中具象化了的精神形式，因此但凡该作者对心灵研究有点儿了解，都不该在这一点上显得如此大惊小怪。此外，众所周知，比起寒冷潮湿的天气，温暖晴朗的天气总能促使心灵现象变得更为活跃。最后，女孩儿关于那些精灵的身体随着时间的流逝正在变得越来越透明的说法，倒是颇具启发性，因为，某些形式的通灵能力确实是与孩童时期联系在一起的。而且普遍来讲，随着女孩子长大成人，头脑也变得日趋平庸世俗，她们的灵性阶段就会成为过去式了。我们可以在她俩后续拍到的第二批图片，尤其是手举花束、身体较为透明的那个小仙子身上，观察到这种灵气变得越来越稀薄的过程。我们担心艾尔西体内的这一灵气过程已经终结，而她的灵性也已相应地衰竭殆尽。如果真是这样，我们今后就再也不能通过她这个特定的信息源得以一窥精灵的生活情形了。

为了攻击这些照片不是真的，有些人还大费周章地采取了如下手段：他们先故意制造出一张假照片，然后说："你瞧，这张照片看着多真实啊，但是大家可都知道它是赝品哟。你怎么能保证你的照片不是假的呢？"这套逻辑的谬误之处在于，他们的假照片是由技艺娴熟的专家老手做的，但此案中的原始负片却是两个从未受过训练的孩子拍的。这就跟"既然魔术师能在自己准备出的特定条件下仿造出某种结果，那么该结果本身肯定就从未存在过"是一样的荒谬。世界真的已被这种老掉牙的陈腐观点愚弄太久了。

不过必须承认，在所有那些合成照片中，还是有一些做得相当出色的。不过，仍然没有哪一张能逃得过加德纳先生或我本人的仔细检查。其中最精彩的一份作品是由艾娜·英曼小姐———一位与布拉德福德研究所有关联的女摄影师制作的，她的作品实在太优秀了，弄得我们有好几个星期都判断不出它到底是真是假，只能一直秉持开放的保留态度。此外，有位名叫贾奇·多克尔的澳大利亚摄影师也以一种怪异但有效的方式炮制出了一份作品。就英曼小姐照片里的小精灵而言，尽管他们看上去十分灵巧，但却一点儿也不像科廷利村那群可爱的精灵那样，举手投足间流露出一种天然去雕饰的优雅与自由。

除了上文提到的那篇报道，乔治·A. 韦德先生在1920年12月8日的《伦敦晚报》上刊载的评论文章也很引人注目。它讲述了发生在约克郡的一系列奇怪事件，内容如下：

"时至今日，我们这片土地之上还有真正的精灵吗？"阿瑟·柯南·道尔爵士提出了这个问题，并向大家展示了几张照片。他声称照片里的"小人儿"就是真实的精灵。

在约克郡的山谷中，也就是据称拍下了那些照片的地方，是否存在着真实的小仙子、小精灵与诺姆呢？或许，我所知道的一些经验，能够帮助我们把这个问题稍微搞清楚一些。

去年的某一天，我去拜访了一位生活在那个地区的朋友——著名小说家哈利韦尔·萨克利夫先生[1]。交谈中，他向我讲述了一件令我十分惊讶的事：他家附近的一所学校里，有位与他有私交的男教师，曾经不止一次地对他提起，说自己曾在不远处的某片草地上见到过真正的精灵，而且还

---

[1] 亨利·詹姆斯·哈利韦尔·萨克利夫（Henry James Halliwell Sutcliffe，1870—1932），英国流行小说作家。他的作品大多是以约克郡山谷为背景的历史传奇。

与他们交谈和玩耍过！这位小说家是把此事当成一件咄咄怪事向我提起的，因为他自己也不太知道应该怎么解释。不过他也强调说，那位教师无论是从教养、人品和性格层面来说，都很值得信任，不像是那种怀有妄想或意图欺骗他人之流。

我在约克郡的时候，还有一位人品可靠的先生告诉我，有个住在斯基普顿①的年轻女士曾不止一次向他提起，她经常到某处（他给出了山谷中一个地方的名字）去"和精灵们一起玩耍和跳舞"。看到他一脸震惊的表情后，这位女士又重申了一遍自己的话，并断言自己绝无半句虚言！

我的朋友威廉·赖利②先生是《温迪里奇》③《耐

---

① 斯基普顿（Skipton）是英格兰北约克郡的一个市镇和教区。在历史上属于约克郡西莱丁地区，位于布拉德福德西北16英里处。
② 威廉·赖利（William Riley, 1866—1961）是一位英国小说家，出生于布拉德福德。他用 W. Riley 这个名字写了39本书，大部分都是小说。
③ 《温迪里奇》出版于1912年，是威廉·赖利出版的39本书中的第一本。故事讲述了年轻艺术家兼摄影师从伦敦搬到约克郡的小村庄温迪里奇一年的生活。小说中的地点，包括"温迪里奇"村本身，都取材于赖利家乡布拉德福德附近的约克郡的真实地点。

瑟利》《杰瑞和本》等书的作者,他对约克郡的沼泽地和山谷非常熟悉。当我与他谈起这件事时,赖利先生断言,尽管他本人从未在当地见到过真正的精灵,但他认识几位十分值得信赖的高沼地居民,他们都对精灵的存在拥有不可动摇的信仰,还坚称自己曾多次在艾尔代尔①和沃夫德尔②上游的某些景色宜人的地点看到过皮克希,并且绝不接受任何反驳。

过了一段时间,我在约克郡的一份报纸上发表了一篇关于这些事的文章,结果不久后就收到了一封来信,信的作者是"一位住在远方的女士"。她在信里说,她度假时也曾到位于斯基普顿高地的那个山谷去过,并同样经历了一件奇怪的事情,因此她认为我的文章内容非常可信。

她说,当时有天晚上,她正独自走在群山当中的一片山坡高处上时,忽然看到一大群小仙子和小

---

① 艾尔代尔(Airedale)是英国约克郡的一个山谷,以流经它的艾尔河命名。
② 沃夫德尔(Wharfedale)是沃夫河上游的山谷,也是约克郡的山谷之一。

妖精①正在下方的草地上玩耍跳舞，不由得大吃一惊。她想自己一定是在做梦，或者产生了某种幻觉，于是赶紧掐了掐自己，又揉了揉眼睛，好让自己赶紧清醒过来。确定自己处于清醒状态之后，她又向下看了一眼，结果仍然清楚地看到了那些"小人儿们"。她在信中详细讲述了他们是怎样玩耍的、自己是如何久久凝视他们的，以及他们最终是怎样消失的。毫无疑问，她确信自己所说的都是真实发生的事情。

我们该怎么理解这一切呢？我的心里并无定论，但也很难相信这么多彼此互不相识的人会合起伙来一起做假证。阿瑟·柯南·道尔爵士笔下的女孩、萨克利夫先生提到的那位教师、来自斯基普顿的年轻女子，以及给约克郡报社写信的女士……他们提到的自己看到精灵的地点，竟然全都位于彼此相距一两英里以内的地方，这算不算是一个十分惊人的

---

① 小妖精（sprite）是欧洲神话中的一种超自然实体，指某种小仙子（fairy）或小精灵（elf）。有时也指风元素精灵或水元素精灵。

巧合呢？就算不做任何延伸阐释，单凭这个巧合也很能说明一些问题了。

我们到底能不能在那里遇见真正的精灵呢？

对科廷利精灵照片进行攻击时最为不留情面的，还要数镭元素研究领域的著名权威霍尔·爱德华兹少校[1]。他在《伯明翰每周邮报》上发表评论文章说：

> 阿瑟·柯南·道尔爵士想当然地认为那些图片都是真实的精灵照片，尽管到目前为止，还没有任何人提出过任何证据，表明它们到底是如何制成的。如果一个人研究过影像技术人员时不时制造出的非凡特效，他就一定能够意识到，只要拥有足够的时间和机会，人们就几乎可以通过照片伪造技巧呈现出任何你能想象到的东西。

---

[1] 约翰·弗朗西斯·霍尔·爱德华兹（John Francis Hall Edwards, 1858—1926）是一位英国医生，也是英国X射线医学应用的先驱。他爱好并擅长摄影，1895年曾被授予英国皇家摄影学会荣誉会员。

值得一提的是，两个女孩儿中年龄较大的那个，用她母亲的话讲，是个极富想象力的孩子。她多年以来一直有画精灵画像的习惯，还曾经在一家摄影公司当过学徒。除此以外，她还经常到当地风景最为优美的山谷与溪谷中去玩耍，而在那样的地方，一个年轻人的想象力是很容易得到激发的。

在其中一张照片里，年龄较小的那个女孩儿正用胳膊肘撑着靠在岸边，而一群小仙子正围在她的身边跳舞。女孩儿没有看向那些小仙子，反而摆出了一种很常见的拍照姿势。当被问及她为何对那些嬉闹着的小精灵不感兴趣时，她解释说，因为她早就已经见惯了他们，只觉得相机新鲜有趣。

这张照片可以通过下述两种方式"伪造"出来。第一种方法是，将精灵画像贴在硬纸板上，剪下来，摆放在被摄者的近旁——当然，这时被摄者是看不见那些画像的正面的——然后用一张带标记的底版将整个场景拍下；第二种方法是，先拍一张不带精灵的原始照片，然后从某本出版物上剪下一些精灵图像贴在上面，再重新拍摄一遍。如果这活儿干得足够漂亮的话，任凭多么高明的摄影师在看到合成拍摄的第二张负片时，都无法百分之百自信地断言，这绝对不是一张原始负片。

霍尔·爱德华兹少校接着说，很多人都认为照片中的小仙子长着透明翅膀这一事实意义重大，但其实，对于后期技术十分精湛的摄影师来说，想要再现出这种效果简直是再容易不过的了。

"那些透明的翅膀，"他说，"很有可能是从昆虫身上剪下来，然后粘在精灵图片上的。在图片上加上一对大苍蝇的透明翅膀，让背景从翅膀下面隐约透出，从而获得非常逼真的效果，其实并非什么难事。"

有人指出，尽管那些"小仙子"表现得好像是在跳舞——事实上，人们确实说过他们是在跳舞——但我们却无法从照片中找到任何表明他们在动的证据。对此，摄影师本人也给出了相应解释。她告诉我们，那些小仙子的动作极其缓慢，看起来就像是影院当中放映的慢动作电影似的那种感觉。从这话倒是可以看出,这位年轻女士具备了相当丰富的摄影知识。

在各个据称是宁芙①与小精灵栖息地的地区,人们曾拍摄下大量乡野风光的照片。照片拍摄者包括各个年龄层的人们,其中既有大人也有小孩儿。然而,在这两个神奇的孩子聚在这片土地上之前,精灵的形象从来也没有被捕捉到照相底版上过。根据这一点,我便可以毫不犹豫地说那些照片有极大可能是被"伪造出来的"。我要批评那些声称在拍摄该照片的环境中存在超自然现象的人,批评他们实在太不负责。因为,作为一名医生,我相信,向儿童灌输这种荒谬的想法,会导致他们在以后的生活中表现出神经紊乱和精神障碍。当然,我们在培养孩子的时候,可以也应当让他们学会欣赏大自然的美丽;但我们却不应任由

---

① 宁芙(Nymph)是希腊神话中次要的女神,出没于山林、原野、泉水、大海等地;是自然幻化的精灵,一般以美丽少女的形象示人,喜欢歌舞。

小仙子向艾尔西献上一束蓝铃花（照片 D）

　　这个小仙子几乎纹丝不动地站在灌木丛的叶子上面。她的翅膀夹杂着黄色，裙子的上半部分是非常淡的粉红色。

第 3 章 第一批照片引发的反响 | 091

精灵们的日光浴（照片 E）

这张照片捕捉到了一种女孩儿们完全不了解的东西。她们从来没在草丛中见到过这种像叶鞘或蚕茧一样的东西，根本不知道那是什么。根据精灵爱好者与观察者的介绍，这是一种磁性浴盆，精灵们通常很快就能织出一个。它们常在天气阴沉的日子之后（尤其是秋天），使用这种浴盆进行疗愈。

他们的想象力畸形发展，变得充满过度夸张、荒谬和错位的情感——纵使它优美如画也不行。

面对这篇文章，加德纳先生回答说：

霍尔·爱德华兹少校表示，"到目前为止，还没有任何人提出过任何证据，表明它们到底是如何制成的"。那么我就想说了，一个想要进行批判的人，最起码也该读读他想批判的案件的相关报告才是啊。少校断言，A.柯南·道尔爵士已经"想当然地认定那些图片都是真实的精灵照片"了。我真是很难找到比这更加彻底歪曲事实的表述。

相关底版和接触印相照片都已交由专家进行了检查。该检查的严格程度在整个摄影科学领域都属最高级别，而且那些专家中的许多人起初都坦陈了对此事的怀疑态度。但经过检验，他们全都不得不承认，那些底版毫无疑问是单次曝光的产物，而且，上面完全找不到他们迄今为止见识过的无数种伪造手法的任何一丁点儿痕迹。

当然，仅凭上述事实还不能证明那些照片绝对是真实的，因为，正如我在叙述自己的调查结果时一再指出的那样，如果制作者艺术造诣足够深，对于高难度艺术合成工序运用得足够熟练，他们也是有可能伪造出这种底版的。就我个人而言，我倒是很想看看有谁真能做得出来。迄今为止，并没有多少人真的挑战过这项任务，至于仅有的那些挑战者，尽管他们运用的方法比霍尔·爱德华兹少校提出的简陋方法要高明许多，但只要对他们的作品稍加分析，就能从中看出无可救药的明显破绽。

在调查初期，该案的重点就落在了当事人的个人情况，以及她们是否具有伪造动机这两个问题上。正是这两件事完全占据了我们的心力，因为我们充分明白，必须先找到能够证明当事人绝对诚信的压倒性证据，我们才有可能相信那些照片。如今我们已经圆满完成了这项任务。尽管很多人在真实的人名、地名等信息暴露之后又进行了一番刨根究底的调查，但谁也没能找到与我所提交的第一份报告有冲突的新信息。无须我再多说什么大家也能看得出来，这整件事之所以如此令人信服，原因就在于当事人一家子都是朴素正直得无与伦比的人。摄影技术方面的证据与当事人品格方面的证据必须叠加在一起，才能为该案构筑起坚不可摧的基石。

对于霍尔·爱德华兹少校提出的某些意见，也许我还是不去进行深究比较善良。他竟然当真认为，去电影院看过一场电影并运用过一个与之相关的形象示例，就意味着"拥有相当渊博的摄影知识"了！这种思路，简直与认为"被店家雇来跑腿和帮工的女孩儿肯定掌握了该职业所需的最高水平技能"这种逻辑不相上下！我们可没有那么容易被愚弄。而且我们无论如何也无法相信，两个孩子在完全独立、没有外援的情况下，能在半小时内伪造出一张《爱丽丝与精灵们》[1]那样的照片出来。

---

[1] 指女孩儿们拍摄的第一张精灵照片。如前文所述，爱丽丝是弗朗西斯·格里菲斯的化名。

除了霍尔·爱德华兹少校这篇檄文以外，杰出作家莫里斯·休利特①先生也在《约翰·奥伦敦周刊》②上刊登了对该案的攻讦。对于他提出的一些反对意见，加德纳先生在后续的回复中一一做了解答。休利特先生的观点如下所述：

> A.柯南·道尔爵士目前已经深信不疑，被称为"卡彭特照片"的一组照片是真实的。那些照片是于几天前刊登在《斯特兰德杂志》上的，他们向杂志读者展示了两个普通女孩儿与目测大约18英寸③高的某种带翅生物进行着亲密互动的场景。
>
> 好吧，如果他相信那些照片都是真照片的话，

---

① 莫里斯·亨利·休利特（Maurice Henry Hewlett, 1861—1923）是英国历史小说家、诗人和散文家。
② 《约翰·奥伦敦周刊》（*John o' London's Weekly*）是一本文学周刊，由乔治·纽恩斯有限公司于1919年至1954年出版。1919年至1930年，该刊发表了柯南·道尔的9篇文章、1篇短篇小说和3封信件。
③ 1英寸约等于2.54厘米。

那么我们便可以做出如下两个推论：第一，他本人肯定也相信所谓精灵的那种生物真的存在；第二，他相信人类通过操纵机器，就能使普通肉眼看不到的东西变得可见，而人力在这其中发挥的作用仅限于准备底版、对焦、按下快门和洗印照片而已。这就是阿瑟爵士想要告诉我们的全部，仅此而已。他相信那些照片是真的，那么余下的结论便自然而然也都成立了。但他为什么会相信照片是真的呢？就因为那两个年轻女士是这么告诉他的呀。我的天！

阿瑟爵士告诉我们，他无法亲自到约克郡去，找那两位年轻女士盘问详情。虽然他很想这么做，但并未付诸实践。不过，他派了一位朋友——爱德华·L.加德纳先生，来替他处理这件事情。加德纳先生也是个头脑开明的人，对通神学与相关学科有着自己独到的坚定主张，但似乎有点儿缺乏逻辑思考能力。他找到当年那两位年轻女士互相给对方拍照的地点（或其附近一带），让人给他自己也在那里拍了照片。照片里，没有长翅膀的生物盘旋在他周围，而人们不禁要怀疑加德纳先生为什么：（1）要在那里给他自己拍照片；（2）要将这些照片转载到《斯特兰德杂志》上。

我冥思苦想了很久，直到想起圣母与圣子在维罗纳的桃园里于牧羊人面前现身的故事①，才终于有点儿理解加德纳先生的逻辑了。故事里，牧羊人对其教区牧师说，圣母玛利亚确实曾在一个月华如洗的夜晚出现在他们面前，从他们的手中接过一碗牛奶，还从树上摘下一个桃子吃了。牧师在他们的陪同下参观了那个地方，并在参观途中捡起一颗桃核。这下子一切可就水落石出了。显然，圣母真的去过那里，因为这颗桃核就是明证。

因此，我得出了这样一个结论：加德纳先生之所以会到某个特定地点给他自己拍照，就是为了证

---

① 典故源自莫里斯·休利特本人写的小说。这个名为《桃树圣母》（*Madonna of the Peach Tree*）的故事收录于他在1899年出版的短篇小说集。故事里，一个名叫乔凡娜的年轻女性因无端的谣言迫害而带着她的男婴逃出了维罗纳市。黎明时分，她穿过城墙外的桃园，向年轻的牧羊人乞讨食物。她的美丽使牧羊人相信自己看到了圣母，而镇上流传起了关于幻影和奇迹的传说。

明别人之前在那儿拍下的照片都是真的。我想他的逻辑应该是这样的：首先，那两张精灵照片是在某个特定地点被拍下的；然后，我也请别人在那个地点给我拍了照；因此，那两张精灵照片一定就是真的。他的这番逻辑推理当中潜伏着某种谬误，但那是一种头脑开明的人能够理解的谬误，而且幸运的是，就算存在谬误也没什么关系呀。

毫无疑问，在试图解决这类问题时，我们应当选择的是阻力最小的路线。到底哪一种解释更难相信呢？照片是伪造的，还是某种长着翅膀的18英寸高的生物是客观存在的？我想一般人肯定都会选择后者吧。

但我们也可以假设答案是前者。我们可以假设这种生物真的存在，而且偶尔可以被人看到；同时我们也可以假设照相机真的能向全世界展示出世界上大多数人都看不到的东西。但是就算这样，我们也还是无法断言，"卡彭特照片"就是拍下了这种生物的照片。因为毕竟，我们还从来没有亲眼见到过这种生物呢。

没错，我们都看到过快速运动中的动物照片——奋力赛跑的马儿、追逐野兔的灵缇犬、跑过田野的男人……我们既见过这样的画作，也见过这样的照片；但奇怪的是，奔跑的物体在照片中看起来，一点儿也不像它们在画里的样子。

事实上，马、狗或人在照片里看起来总像是一动不动的。这很正常，因为它们在被照相机拍下来的瞬间，确实没有动。光线在底版上的作用速度极其快，快到能从飞速流逝的时间当中切割出薄薄一片并将其记录下来。当你直接把一系列照片按顺序组合起来并进行翻动时，就会看到和画里一模一样的动态了。

而在"卡彭特照片"中，围绕着女孩儿的脑袋和肩膀舞动的小生物们呈现出的是一种绘画式的飞翔，而非摄影式的飞翔。这一点是确定无疑的。它们的姿态有种明显的绘画式风格，表现为一种矫揉造作、符合绘画传统的舞蹈动作。无论从哪个方面进行评价，它们都算不得很高明的作品。那些小家伙看起来很僵硬，比《笨拙》①杂志封面上旋转着的诺姆还更僵硬。从它们身上几乎看不到蝴蝶那种野性洒脱、变幻莫测的特性。不过，作为一种试图呈现出空中舞蹈的艺术创作来说，他们在某种程度上还算是挺好看的。可惜那两张照片太小，我无法判断出画面上的精灵到底是画在硬纸板上的，还是做成了立体雕塑；但我能判断的是，那些精灵的身体根本就没有动。

此外还有件事值得一提——也许有人会说它只是小事一桩，但我总觉得，在这样的案件中，没有任何一个细节是可以被忽略不计的——如果照片里那些小东西真是正在翩翩起舞的精灵的话，那么照片里的女孩儿肯定会盯着那些精灵看，而不是望向照相机。我对这一点十分肯定，就像我在上文说的

---

① 《笨拙》（Punch）是英国的老牌幽默杂志，1841年在伦敦创刊，2002年停刊。《笨拙》在卡通发展史上占据着显著地位。正是这个刊物的供稿人、著名画家约翰·里奇和编辑马克·吕蒙首次将幽默讽刺画正式命名为"卡通"。柯南·道尔的伯父理查德·道尔曾为《笨拙》杂志画过封面。

"照片中精灵们的飞翔是绘画式飞翔"一样肯定。毕竟,我太了解小孩子了。

我很了解孩子,他们都是些爱搞恶作剧捉弄人的小家伙。而阿瑟·柯南·道尔爵士显然是被卡彭特小姐给戏弄了。与此同时我还想对他说,一个新的时代应当是自然而然诞生的,而绝不是被人刻意创造出来的。

对此,加德纳先生在《约翰·奥伦敦周刊》的下一期上做出了答复:

莫里斯·休利特先生对刊登在《斯特兰德杂志》圣诞号上那两张精灵照片的真实性,发表了一篇略带戏谑性的批评文章。我本希望他的这篇文章能把话说得更清楚些呢。他在文中提到的唯一一个严肃论点,就是运动物体的摄影表现和绘画表现之间的区别。休利特先生坚持认为,他在那两张照片中看到的是后者,即绘画式表现。

关于我为何要在每张照片的拍摄地重新拍照，并将拍出的照片刊载于杂志，理由其实是很显而易见的。曾有摄影专家表示，虽然他们自己完全无法在两张底版上发现任何伪造的痕迹（如双重曝光、将精灵画像置于放大后的风景照片上重新拍摄的手法，以及用硬纸板或其他材料制成的模型等），但是，通过在摄影工作室中娴熟运用各种人工技巧，想要制作出同样效果也并非不可能的事。此外还有某些细节也需要得到澄清，比如照片里那个孩子脑袋上方与侧面的薄雾是怎么回事，以及为何小仙子的身影那样清晰而瀑布的水流与之相比却显得有些模糊，等等。到照片拍摄地进行视察，并将其周围环境拍摄下来进行检视，无疑是厘清这些问题真相的唯一方法。事实上，正是通过这种方法，我发现瀑布位于孩子身后大约20英尺远的地方，所以才会因失焦而显得模糊不清；同时我也发现，处在女孩儿身后同等距离处、位于瀑布旁边的一些大岩石，就是造成那片朦胧薄雾的原因。我为两张照片的拍摄地分别拍了很多照片，但最后在杂志上只给每个地点各刊登了一张。我想通过它们证实的是拍摄地的真实性，而非精灵本身的真实性。

休利特先生在谈到运动物体摄影时，发表了一个令人惊骇的观点。他认为，运动物体在被照相机拍摄下来的那个瞬间，是"没有动"的（休利特先生在他的文章中用斜体形式写下了这几个字）。那么我就不明白了，运动物体在被拍摄的时候不动，到底要在什么时候动呢？而当光线进入照相机里的时候，到底又发生了什么呢？好吧，言归正传，运动物体在曝光过程中当然是在动的，不管曝光时间是五十分之一秒还是百万分之一秒。不过我想休利特先生绝不是唯一一个会犯这种错误的人。而且负片上的每个精灵看起来明显都在移动。这是我们得以确定的第一个要点。

当然，我必须赶紧承认，虽然我能确定照片里的每个精灵都在动，但这一点并不能解释休利特先生提出的以下这个疑问：照片中精灵的运动姿态，为何会比我们平时看到的马匹或人类照片中的运动姿态显得更加优雅？然而，我们面对的毕竟不是由骨骼所构成的哺乳动物，而是精灵啊。他们的身体想必十分空灵缥缈而又极富可塑性。如果我们将其身上的优雅风度，视为一种他们与生俱来、永不消逝的天然属性，难道真的非常不合逻辑吗？在我们迄今为止所掌握的压倒性证据面前，我认为这么想没有任何问题。

关于休利特先生提出的最后一个问题，即照片里的孩子为何会看着照相机而非精灵，答案是，爱丽丝对于摄影这件事太陌生了，以致完全不知道该如何面对镜头。对她来说，照相机这种东西可比精灵显得新奇多了，以前从未有人拿着照相机如此近距离地拍摄过她。也许我们会觉得这很奇怪，但彼时彼刻让她最感兴趣的东西，确实就是那台照相机。顺带一提，如果一个骗子头脑聪明到能够制作出这样一张照片，他真的会犯下这么低级的错误，忘记要给自己的拍摄对象摆好合适的姿势吗？

除了批评以外，我们也看到了很多与我们的意见大体一致的观点。在那些有趣且极具说服力的文章中，来自古德梅斯①的H. A.斯塔登先生所发表的论述值得一提。那位先生有种喜欢研究假照片的特殊嗜好。他的报告篇幅太长，技术含量也太高，不太适合全文引用，不过我可以简单概括一下：他在文中分构图、服装、显影、密度、照明、姿势、纹理、底版、气氛、焦点、光晕等各种主题，对这个案件的相关证据进行了彻底研究。在完成了所有上述测试之后，他得出了最终结论：照片为真的概率不低于80%。

最后我还可以补充一点。加德纳先生所在的通神学机构为了宣传自身学说，有时会在讲座现场展示这些照片。在展示的过程中，底版有时会被放大成巨幅尺寸，投影在屏幕上。有一次，在韦克菲尔德，他们使用强力幻灯机在一张巨大的屏幕上投下了一幅硕大无朋的图像。当时的幻灯机操作员是位很有头脑的人，此前他对

---

① 古德梅斯（Goodmayes）是英国伦敦伊尔福德的一个区。

那两张精灵照片一直抱持怀疑态度，但在看到巨幅照片的那天彻底改变想法，相信照片是真的了。因为，正如他所指出的那样，当照片被放大到那种程度的时候，但凡画面里有一丁点儿剪刀裁剪所导致的不规则形状或任何其他人工处理痕迹的话，都肯定会被展示得清清楚楚的。如果照片里真的使用了绘画模型，那就绝不可能逃过任何人的眼睛。但事实是，从巨幅画面上看到的精灵全都拥有着细腻优美的线条，上面连一丁点儿的破绽都没有。

第4章
第二批照片

加德纳先生在7月份造访约克郡时，给艾尔西留下了一台很高级的照相机。这是因为他听说她的表妹弗朗西斯很快会来看她，因此希望她俩能有机会再拍到一些精灵的照片。

其实我们一直以来都很想让她们再拍些新的照片出来，但因为种种难题尚未能如愿。其中一个难题就是，只有当两个女孩儿的灵气叠加在一起时，精灵才会现身。其实，两个人的灵气结合在一起时产生的效果比一个人的灵气更加强烈，这在有关心灵现象的领域中是很常见的事。我们衷心期待，当8月份两个女孩儿聚到一起时，能够有效利用她俩那股结合在一起的强大力量。因此，在动身前往澳大利亚前,我对加德纳先生说的最后一句话是:"当我远渡重洋,我将在大洋彼岸苦苦盼望您的来信,告诉我这次新的冒险行动结果如何。除了这封信以外,再没有什么能够牵动我的心了。"不过说实话,我在心里几乎没抱什么期望,因为距离她俩上次拍到精灵照片已经过去三年了,而我很清楚,青春期的进程对于灵力而言,往往是毁灭性的。

因此,当我在墨尔本收到他的来信,得知这次新的拍摄行动竟然取得了圆满成功时,心里真是既高兴又无比惊讶。他随信为我附上的三张新照片,均拍摄于女孩儿们拍下第一批照片时所在的那片峡谷,而且成品比第一批照片更棒。如果说从前我的心中还对那些精灵照片的真实性存有一丝疑虑的话,那么此时此刻,一切疑云均已烟消云散。因为,很明显,这些照片,尤其是灌木丛中的精灵那张,完全不可能通过造假的手段制成。不过,由于我拥有丰富的通灵经验,知道在心灵摄影术[①]中,

---

[①] 心灵摄影术(psychic photography),指通过超自然的手段将脑海中的图像"刻印"到摄影胶片等表面上。

当事人脑海中的影像可以转移到摄影底版上，而且我也知道念头会对灵质图像产生影响，因此，即使现在我也觉得，此事也许还可以从这个角度进行另一种解释；而且我还从未忘记过这样一个显得过于巧合的事实：科廷利精灵照片这独一无二的事件，竟然发生在一个已经有人倾心于神秘学研究的家庭当中，而且那个人很有可能将脑海中的既有形象，化作了超自然的思想照片。不过，虽然我们无法斩钉截铁地否认所有上述这些可能性，但在我看来，他们显得既微弱又甚为牵强。

下文便是我在墨尔本收到的那封令人欢欣鼓舞的来信：

1920 年 9 月 6 日

我亲爱的道尔先生：

向您致以最诚挚的问候与最美好的祝愿！临别前，您对我说的最后一句话是，您将在大洋彼岸无比热切地盼望我的来信。我没有让您失望，现在向您报喜来啦!

我从艾尔西那里又收到了三张摄于几天前的负片。我不需要向您描述它们了,因为我已随函附上一个单独的信封,里面装的正是那三张照片。那张"腾空跃起的小仙子"与那张"精灵凉亭",毫无疑问是现代人所见过的最令人惊叹的图像!我是在上周五的早上收到那些底版的,而自从看到它们的那一刻起,我的脑海中就无休无止地在翻涌着狂热的巨浪。

她们还寄来了一封可爱的短信,说她们有多么抱歉,没能多寄一些照片给我。那几天天气一直非常糟糕(冷得可怕),所以艾尔西和弗朗西斯只有两个下午能到那片峡谷里去(弗朗西斯快开学了,因此现在已经回到斯卡布罗)。这封信写得相当简单直接,末了还邀请我在这个月底再找她们待上一天。

我立刻动身赶往哈罗。斯内林毫不犹豫地宣称,这三张照片和之前那两张一样千真万确。他还进一步断言,无论如何,"凉亭"那张是没有一丝一毫造假的可能性的！关于这点，我今天也向伊林沃思公司的人寻求了一下意见，结果令我有些惊讶，他们竟也赞同斯内林的这一观点。（如果您还没有打开那个信封的话，请打开吧，等您看完我再继续为您讲述……）

本月23日，我会到约克郡去完成几场之前约定好的演讲。其间，我会找时间在科廷利待上一天。不用说，我肯定会到照片拍摄地去查看一番，并在那里拍上一些照片的。即使有拍坏了的底版，我也会一并带回来，以备将来不时之需。顺带一提，女孩儿们都说自己对于那张"精灵凉亭"的负片感到完全难以理解。当时她们先是不经意间看到了画面右边那个举止端庄的小仙子，然后艾尔西顾不上等她俩亲自进入画面，就直接把照相机推到高高的草丛跟前，抓拍下了这张特写照片……

对于这封信，我给出了如下答复：

墨尔本

1920年10月21日

亲爱的加德纳：

此刻我的心里充满喜悦，因为我在远离故土的澳大利亚收到了你的来信，信里还有三张有力证实了我们此前已发表结论的美妙照片。当然了，你和我肯定都是不需要任何新证据的，但是对于那些忙于生活、没有接触过心灵研究的普通人来说，我们的这套想法肯定还是会显得异常新奇。

因此，我们需要一遍又一遍地在他们耳边不断重复，才能让他们意识到，一种新的生命秩序真的已经得以确立，而大家必须像刚刚发现中非的俾格米人[①]那时一样，好好接受和认真对待这件事情。

---

① 非洲俾格米人是生活在非洲中部热带森林地区的民族，身材矮小，成年男子平均身高低于1.5米。他们自称"森林之子"，以狩猎、采集为生。19世纪后半叶，欧洲探险家深入非洲内陆时发现了这一族群，并用俾格米（pygmy）这个古希腊语称呼他们。

其实这段时间以来我很自责，因为我等于是在出国之前埋了一个延时地雷，只留你一人独自面对爆炸时的后果。不过你肯定也早就知道，想要躲过这波冲击是不可能的。如今，看到你已筑起一道可以抵御所有攻击的铜墙铁壁，我真是深感欣喜。敌对者在攻击你时，最有可能采取的做法就是叫嚣着让你拿出更多新的照片，可惜他们不知道女孩儿们已经为你拍到新照片了。

精灵是否存在这个问题，与"我们自己的生死命运以及我们失去的人死后是否能以灵魂的形式存在"这一更重要的问题没有直接关系，尽管正是因为研究这个问题才使我关注到了精灵。但是我认为，任何能够扩展人类视野、向人类证明物质并非宇宙终极本质的东西，都一定会将人类的思想引导至更加广阔与更为理性的层面上去。

在我看来，也许，某些智慧实体一直都在试图从另一个角度引领我们走上正确道路，并利用我们中的某些人当其谦卑的助手，却因为人类那种使得

"诸神自身也束手无策"（歌德语）①的极端愚昧而畏缩不前，转而开辟出了一条全新的前进路线。在这条新的路线上，那些一直以来拦在我们前进道路上的所谓"虔诚"但本质上毫无信仰的教职人员，也终将不得不转变自己的观点与立场。他们没有办法用陈旧的宗教典籍否定精灵，而一旦精灵的存在得到承认，其他超自然现象也会变得更加容易为人所接受了。

再见，我亲爱的加德纳。能在这场划时代的事件中与你并肩作战，我感到无比荣幸。最近这段时间，我们总在降神会上收到一个信息，说某个肉眼可见的神迹即将显现于世——也许那个信息指的就是这件事了。人类不配见到新的证据，因为人类直到现在也还是一如既往，从不费心认真检视已经存在的东西。然而，我们那些已逝的朋友可比我要坚

---

① 原文"面对愚昧，诸神自身也束手无策（Against stupidity the gods themselves contend in vain）"出自席勒描写圣女贞德的作品《奥尔良的姑娘》。此处作者说是歌德的话，疑为误用。

忍宽容多了。我承认,由于整日目睹身边那些头脑糊涂、情感冷漠与道德怯懦的人,我的灵魂已被一种冷酷的蔑视感情所浸透了。

> 阿瑟·柯南·道尔谨启

此后加德纳先生又给我写了几封信来。在信里他告诉我,他在女孩儿们刚刚拍下第二批照片之后的9月份,又去了一次北方,而这趟旅行使他比以往任何时候都更加确信,莱特一家人绝对诚实,那些照片也绝对真实。我从他的信中摘录片段如下:

> 我的这趟约克郡之行收获颇丰。我花了一整天的时间和那家人待在一起,并为新照片的拍摄地都拍了照片。结果我发现,这次的拍摄地点和上一批照片的拍摄地点其实距离很近。我从我拍下的照片中挑了几张随函发给了您。那张"摇篮照"或叫"凉亭照"是在我拍下的那个池塘旁边拍摄的。那只腾

空跃起的小仙子不是在飞翔,而是在跳跃。艾尔西说,当时它从下面的灌木丛中向上跳了五六次,每次跳到最高点的时候,看上去都像悬停在了空中。在它大概跳到第五次的时候,她按下了快门。可惜的是,弗朗西斯看那个小仙子动作迅猛,以为它要跳到她的脸上去呢,于是将头向后仰了过去。从照片当中可以看出那个瞬间的动态。在另一张照片里面,那个看向艾尔西的小仙子手里拿着一束精灵世界里的蓝铃花。据我观察,这个小仙子留着齐耳短发,全身上下都透着一股时髦劲儿,裙子款式也十分新潮;但是艾尔西说,她的头发其实有很多密实的小卷儿,而不是直的。关于那张"摇篮照",艾尔西告诉我,当时她们都看到了右边的小仙子和左边那只端庄的小妖精,但是谁都没有看到凉亭。或者更确切地说,她们只看到了草丛中间有圈薄雾,但却完全不知道那是什么。我们已经精雕细琢地洗印出了这张照片,而专家也已证明说这张负片绝不可能是"伪造的",因此看样子我们完全没有什么好担心的了。每张照片的曝光时间都是 1/50 秒，拍摄距离大约是 3~4 英尺，照相机是我选出来送给艾尔西的那台"Cameo"，底版用的也是我送她的。

精灵衣服与翅膀的颜色我都记下来了，但我会稍晚一点再详尽描述这些细节并将照片邮寄给您。同时，我也会将上文提到的内容补写得更加完整……

1920 年 11 月 27 日

关于那些照片：

当我于 9 月份在约克郡对第二批照片进行调查时，我给照片中的地点都拍了照，当然，也倾听女孩儿们讲述了这次拍摄行动的详细情况。8 月份的时候，她俩在一起待了整整两个星期，而在那么长的一段时间里，总共只有两个小时是日光充足的。即便如此，她俩还是在某个星期四拍到了两张照片，然后又在某个星期六拍到了一张照片。如果那段时间天气正常一点儿的话，也许我们能获得20多张照片也说不定呢。不过，也许慢慢来反而更好——我提议我们可以等到明年五六月份的时候再来推进此事。她们用的照相机就是我送她们的那台，底版也是我给她们的（底版都被伊林沃思公司私下做了标记，但与我无关）。经检验，三张新的精灵负片就是用那些底版拍的，这一点该公司的经理可以出面做证。我想我应该告诉过您，专家已经判定那张"摇篮照"或称"凉亭照"的负片绝不可能是伪造的，而且他们可以为我出具含有这一判定的声明……

在加德纳先生随后写下的一份更全面的报告当中，他这样说：

8月26日，星期四，一个阳光明媚的午后，女孩儿们很幸运地（因为当时反常的寒冷天气对于这次任务来说简直再糟糕不过了）拍到了几张照片；8月28日，星期六，她们又拍到了照片。

我在这份报告当中收录的,就是她们在这两天拍下的照片当中最有冲击力和令人惊叹的几张。我真希望每个读者都能看一看这几张由原始负片直接冲洗扩印而成的精美绝伦的照片。那张"腾空跃起的小仙子"精致优雅得令一切形容都黯然失色——说真的,照片上的所有小仙子看起来都像是缩小版的巨星巴甫洛娃[①]。在第二张照片中,一个小仙子正向艾瑞斯献上一束以太蓝铃花,而她的身姿简直就是温柔端庄的典范。不过,我想向大家特别强调和详细说明的,还是第三张照片。毋庸置疑,在此之前,不管在任何地方,都从未有人拍到过"精灵凉亭"!

画面中央那个空灵缥缈的茧状物就是"凉亭"或"摇篮",它在外观上介于茧与破开的蛹壳之间,轻盈地悬吊在草丛当中。左上角,一个浑身一丝

[①] 安娜·巴甫洛娃(Anna Pavlova,1881—1931),出生于圣彼得堡,20世纪初芭蕾舞坛的一颗巨星,为芭蕾做出了无法估量的贡献,素有"芭蕾女皇"之称。

不挂的仙女坐在那里，尽情袒露着她美丽的翅膀。显然，她正在考虑是否该起床了。在她右边，一个年龄稍长的仙女已经起来了。她有着浓密的头发和漂亮的翅膀，身体的密度比左边那个稍大一些，在仙女裙中若隐若现。再往右一点，可以看见一个轮廓清晰的脑袋，那是一个面带顽皮微笑的小精灵，脑袋上面还戴着一顶紧扣头发的帽子。画面最左边有个模样端庄的小妖精，长着一对半透明的翅膀；而在画面最上部还有另外一个小仙子，尽管严重失焦，但仍可以看出她正大展着翅膀与双臂，显然刚刚降落到草地上。在我拥有的一张非常清晰且精心调过色的照片上，这些精灵的侧脸全都显现得清清楚楚。总而言之，这张"精灵凉亭"照片在这批质量上佳的照片当中，也算是最为有趣也最令人惊讶的一张了——尽管某些人可能更倾心于腾空跃起的那个小仙子那绝美的风姿。

  这张照片的清晰度相对较低，这可能是当时

那些精灵的周围缺乏足够浓密的人类灵气所致。顺带一提，对女孩儿们来说，她们压根儿就没想到自己会以这种方式向我们直接展示出一个迷人的"精灵凉亭"。她们当时只是在高高的草丛当中看到了画面右边那个有些文静的仙女，于是赶紧进行了抓拍，全然忘了自己也要入镜。负责拍照的是艾瑞斯，她当时一看见那个仙女，就直接把照相机推到她的身旁并按下了快门。她们之所以能够顺带拍到凉亭，单纯只是因为运气好，凉亭恰巧就在边上罢了。艾瑞斯把负片拿给我看时，只说这是一张挺古怪的小照片，她自己也搞不懂上面映出的是些什么！

当时的情况就是这样，而且从那时起，从未发生过任何一件能够动摇这些照片有效性的事情。我们自然希望能再多得到一些照片，因此于1921年8月再次促使两个女孩儿重聚在那个地方，并为她们提供了最好的摄影设备，包括立体照相机和电影摄像机，供她们随意使用。然而，命运之神非常无情。这一次，众多不利因素聚在一起，阻碍了她们的成功之路。首先，弗朗西斯只能在科廷利待上两个星期的时间，但在那两个星期里雨水就从来没有断过，因为约克郡漫长的旱季刚刚在 7 月底彻底结束。而令情况雪上加霜的是，人们在那片精灵峡谷中发现了一小片煤层，它已经被人体的磁场给严重污染了。也许光凭这些不利条件，还不足以导致彻底的失败，但最致命的因素，其实是两个女孩儿自身的变化——她俩一个正处在向成熟女性转变的过程中，另一个则处在寄宿学校的管教之下。

然而，有项新的进展情况还是值得记录下来的：虽然女孩儿们已经没有能力让精灵们具象化到显现在底版上了，但她们还并未完全丧失遥视能力，并且像以前一样，还能看到那些充满了峡谷的小妖精和小精灵。怀疑论者自然会说，我们这么讲不过是对女孩儿们告诉我们的话照单全收罢了，但事实并非如此。加德纳先生有位朋友——我就暂且称他为中士先生吧——曾在战争中任职于坦克部队。他是一位可敬的绅士，既没有欺骗他人的意愿，也没有任何可以想见的骗人动机。这位先生一直拥有令人艳羡的高等级遥视能力，而加德纳先生忽然想到，我们完全可以通过他来核实姑娘们的说法是真是假。这位绅士工作勤奋而又辛苦，但他仍然甘愿牺牲掉自己难得的一周假期，以愉悦的心情接受了这项奇怪的任务。所幸，任务的成果还算丰硕，没有枉费他的付出。目前，我的面前正摆放着他向我提交的任务报告。报告是用笔记的形式写的，其中记录下了他实际观察到的景象。据描述，那段日子的天气总体而言十分糟糕，不过偶尔也会放晴。当他和女孩儿们并肩而坐时，他不仅看见了她们眼中所看到的一切，还看见了其他一些东西，因为他的遥视能力显然要比她们强上许多。当发现了一个超自然物体后，他会指着该物体所在的方向，请女孩儿们描述一下眼中所见。她们虽然能力有限，却总是能够给出正确描述。根据中士先生的记录，整个峡谷中都充满了各种形式的元素生命。他不仅看到了木精灵、诺姆和哥布林，还见到了更为罕见的、漂浮在溪流之上的水女神温蒂妮①。接下来,我将从他那份略显杂乱无章的笔记中,摘录下一段很长的文字,使其独立成章。

---

① 水女神温蒂妮(undine),是欧洲古代传说中掌管四大元素(火、风、地、水)的"四精灵"之一。后来温蒂妮被描绘成居于水边的美丽女性精灵。在欧洲,"温蒂妮"这个名字也与其他水精灵的名字互通。

第 5 章
一位遥视者在科廷利峡谷的观察记录（1921 年 8 月）

诺姆和小仙子。 在原野中,我们看到了一些个头跟诺姆差不多大的生物。他们当时正在冲我们做鬼脸,还把身体扭成奇形怪状的丑样子。其中有一个不断晃动双腿撞击自己的膝盖,玩儿得不亦乐乎。两个女孩儿当中,只有艾尔西能看见他们。在她眼里,他们是一个个单独出现的,在同一个地方出现以后又消失,消失以后又浮现,仿佛水波纹一样源源不绝。然而在我看来,他们却是成群结队登场的,只不过其中一个比所有其他同伴都显眼许多。艾尔西还看见了一个长得很像照片里那只诺姆的小家伙,但没有那个诺姆那么明亮,也没有颜色。

第 5 章 一位遥视者在科廷利峡谷的观察记录

我看到了一群女性的小仙子在玩耍,她们在做的游戏有点儿类似于人类儿童常玩儿的"橙子和柠檬"①。她们围成一个圆圈,看起来像在表演骑兵方块舞中的大链圈②。一个仙女几乎一动不动地站在圆圈中央,其他仙女则围着她跳舞。外围的仙女们身上似乎佩有鲜花,展露出与平时不同的色彩。有些仙女手拉着手做拱门,让其他仙女像在迷宫里一样从中钻进钻出。我注意到,她们玩游戏时似乎制造出了一个力量旋涡,那旋涡向上喷涌到了离地四五英尺高的半空当中。我还注意到,原野中草更厚、颜色更深的地方,精灵的活动似乎也相应地更加活跃。

*水泽仙女。*在小溪里靠近那块大岩石的地方,

---

① 《橙子和柠檬》(Oranges and Lemons)是一首传统的英国童谣和民歌,也是一个歌谣游戏。歌词里提到伦敦市内或附近几座教堂的钟声。玩这个游戏时,两个孩子手拉手做拱门,其他孩子排成一列从拱门里鱼贯钻过;唱到最后一段时两个孩子手往下一落,逮住正在钻过去的孩子。
② "大链圈"(grand chain)是一种舞蹈中的步法,舞者们手牵手形成一个大圈,然后按照一定的顺序交换位置。

水流下落处，我看到了一个水妖。这是一个全裸的女性精灵，她似乎正用手指梳理着自己那头金色的、如瀑布般穿过指缝间的长发。我不确定她是否长了脚。她的全身呈现出一种耀眼的玫瑰白色，面容十分姣好。她的手臂长而优美，以一种波浪般的动作摆动着。有时她似乎是在唱歌，但我们却听不到她的声音。她处在由一块凸出的岩石和一些苔藓形成的小山洞里。很明显她没有翅膀，总是以一种斜卧的姿势待在水里，几乎像蛇一般婀娜多姿地在水中游动。她的氛围与感觉跟小仙子完全不同。她没有意识到我的存在，而且尽管我一直都拿着照相机在旁边等着拍她，但她却通过不知什么方法与周围环境水乳交融，始终没有从中突显出来过。

木精灵。（1921年8月12日，科廷利，在树林里的老山毛榉下）当我们坐在一根倒下的树干上时，两个小小的木精灵从我们身边飞驰而过。看到我们以后，他们在离我们大约5英尺远的地方突然停了下来，站在那里兴致勃勃地凝视着我们，一点

儿也不害怕。他们全身的皮肤就像一件贴身连体衣那样紧裹着身体，微微发亮，好像湿乎乎的。他们的手和脚都很大，大到与身体不成比例。他们的腿有点儿细，耳朵又大又尖，几乎呈梨形尖。这样的木精灵在树林里多得很，成群结队地在地面上跑来跑去。他们的鼻子挺尖，嘴巴极其宽大。据我所见，他们嘴里既没有牙齿，也没有舌头。他们仿佛是由一块果冻构成的。一圈有点儿像是化学蒸气的绿光环绕在他们周围，就像以太层环绕在人的肉体周围一样。当弗朗西斯走上前来，坐在离他们不到1英尺的地方时，他们仿佛受到了惊吓，向后直退了大约8英尺的距离。退开后，他们继续很明显地注视着我们，彼此之间还交头接耳地交流着对我们的看法。这两个木精灵住在一棵巨大的山毛榉树的根部——他们走进地面的一个裂隙当中（就像一个人走进山洞一样），沉入地下，消失不见了。

水精灵。（1921年8月14日）在一处溅起细密水雾的小瀑布旁，我看到一个极其纤弱、个头

儿很小的精灵挂在空中。它的身上似乎有两种主要颜色——身体和灵气的上半部分是淡紫色的，下半部分则是浅粉色的。色彩似乎穿透了它的整个灵气与稠密的身体，使身体的轮廓与灵气融合到了一起。这个小生灵挂在空中，身体优雅地向后弯去，左臂高高举过头顶，仿佛被水雾的生命力量所托举着，就像海鸥凌风翱翔一样。它似乎是以一种半仰的姿态，屈着身体对抗着水流。它是人形的，但没有表现出任何性别特征。它以这样的姿势原地静止了一会儿后，便倏忽而逝了。我没有在它身上看到翅膀。

小仙子、小精灵、诺姆与棕精灵[①]。（8月14日，星期日，晚上9点，在原野中）一个万籁俱寂、月华如洗的美妙夜晚，原野里似乎挤满了各种各样的本土精灵——有一个棕精灵，还有很多小仙子、小

---

① 棕精灵（brownie），苏格兰传说中的精灵，总是穿着一身棕色破衣服，会在夜间帮人做家务，但人不能给他们报酬，只能通过其他方式回报他们，例如在他们可能经过的地方故意留一些食物（包括他们最爱喝的牛奶）。如果棕精灵受到侮辱，就会离开并带走人的好运。

精灵与诺姆。

　　一个棕精灵。他比普通棕精灵高，大约8英寸，穿着一身带着深色镶边的棕衣服，头戴一顶几乎呈圆锥形的袋状帽子，及膝短裤配长袜，细脚踝，双脚像诺姆一样又大又尖。他站在我们面前，没有一点儿害怕的样子，非常友好，似乎对我们很感兴趣；他瞪大了眼睛盯着我们，脸上带着好奇的表情，似乎具有一种混沌初开的智力。看样子他正在试图理解某种稍稍超出了他理解能力范围的东西。他回头看了看正朝我们走过来的一群小仙子，然后挪到一边，似乎是想为其让路。他的精神状态看上去半梦半醒的，就像一个迷迷糊糊的孩子在说："我可以就这么站着看一整天也不会累。"他显然可以看到我们的大部分灵气，而且还会被我们放射出的能量所强烈影响。

　　小仙子。弗朗西斯看到很多小仙子正围成一圈跳舞。他们的身体一开始小小的，但一边跳舞一边逐渐变得越来越大，最后长到了18英寸左右；与此同时，他们围成的圆圈也等比例地扩大了。艾

尔西看到一群翩翩起舞的小仙子正围成一个垂直的圈，缓慢地绕着圈飞；每当其中一个小仙子降落到草地上时，他似乎都会快走几步，然后腾空跃起，并继续以慢动作绕着圈飞。这些跳舞的小仙子穿着长裙，透过长裙隐约可以看见里面的腿；从星光体的层面看，他们围成的圆圈沐浴在金黄色的光中，光的外缘五颜六色，但以紫罗兰色为主。这些小仙子的转动让人想起伯爵宫的摩天轮①。他们极其缓慢地飘浮在空中，身体和四肢都一动不动，直到再次飘落到地面为止。整个过程都飘荡着清脆的音乐。这似乎更像是一种仪式，而不是一场游戏。弗朗西斯看到，有两个小仙子仿佛在舞台上表演似的，其中一个有翅膀，一个没有。他们的身体就像阳光下的涟漪一样在闪闪发光。没有翅膀的那个小仙子像柔术演员一样向后弯去，头顶抵着地面，而有翅膀的那一个则同样向后弯去，架在另一个的身体上方。

---

① 伯爵宫的摩天轮（The Great Wheel），是为英国伦敦伯爵宫的印度帝国展览会而建造的摩天轮。1894年开始建设，1895年向公众开放，1907年被拆除。

弗朗西斯看到一个长得像矮个子驼背小丑一样的精灵,头戴一顶类似威尔士帽①的帽子,跳着某种舞蹈——用脚后跟撞击地面,同时举起帽子鞠躬。

艾尔西看到了一个形状很像康乃馨的花仙子。它的脑袋长在花茎与花朵的连接处;绿色的萼片构成了束腰外衣,手臂从中伸出;花瓣构成了裙子,裙下露出很细的双腿。它正在草地上轻快地踏着舞步。它的全身都泛出康乃馨花朵那种浅淡的粉色(记录于月光下)。

我看到一对1英尺高的情侣,一男一女,正在野地中央像跳华尔兹一样缓缓舞动着,有时甚至还会来上几个左转步。他们身披以太物质的衣服,外表很像幽灵。一片黯淡的光芒使他们的身体轮廓显得模糊不清,几乎看不到任何细节。

艾尔西还看见了一个让人想到猴子的小小魔精②,他正紧紧抓住一根草茎的顶部,绕着那里慢

---

① 威尔士帽(Welsh hat)是一种高耸的黑色帽子,属于威尔士传统服饰。
② 魔精(imp)来源于英国传说,是种体形很小的魔鬼。

慢旋转。他长着一张顽皮的脸,朝我们这边望过来,仿佛专门在为我们表演似的。

那个棕精灵似乎主持着所有上面这些正在进行的露天演出。

我看见在前方大约20英尺处,有一个可以称之为精灵喷泉的东西。它是由一股从地面喷涌而出的精灵之力引发的,以鱼尾的形状飞溅至更高的空中,所到之处五彩斑斓。弗朗西斯也看到了这一景象。

(8月16日,星期一,在原野中)我看见三个身影从原野中跑进树林——我之前在树林里也见过他们。他们跑到离墙大约10码远的地方,便纵身越过那墙,消失在了树林中。艾尔西在原野中央看到一个非常美丽的精灵,样子有点儿像墨丘利①,尽管没穿带飞翅的凉鞋,却长着精灵的翅膀。它赤裸着身体,一头浅色卷发,跪在一片黑暗的草丛中,

---

① 墨丘利(Mercury)是罗马神话中众神的使者,以及畜牧、小偷、商业、交通、旅游和体育之神,罗马十二主神之一。对应希腊神话中的赫尔墨斯。其形象一般是头戴一顶插有双翅的帽子,脚穿飞行鞋,手握魔杖,行走如飞的中年男人。

注意力集中在地面的什么东西上。接着它忽然改变了姿势——先是将臀部坐回脚跟上，又跪着直立起身。它比普通精灵大得多，大概有18英寸高。我看见它在地上的某个物体上方挥舞着手臂，然后把那东西（我认为是个婴儿）从地上捡了起来，抱在胸前，似乎在做祈祷。它具有希腊式的特征，像尊希腊雕像，仿佛是从希腊悲剧里走出来的角色。

（8月16日，星期二，晚上10点，在原野中）记录于一盏小摄影灯的灯光下。

小仙子。艾尔西看到一圈小仙子正在轻快地踏着舞步。他们手牵着手，脸朝圆圈外侧。当一个小仙子出现在圆圈中央时，大家又都将脸转向了内侧。

哥布林。一群哥布林从树林中向我们跑来，一直跑到离我们不到15英尺远的地方才停下。他们与木精灵有些不同，样子更像诺姆，不过更小一些，大约像较小的棕精灵那么大。

小仙子。艾尔西在离我们很近的地方看到了一位美丽的小仙子。它赤身裸体，长着一头金色的头

发。它正跪在草地上,双手搁在膝头,朝我们微笑。它有一张非常美丽的脸,正聚精会神地注视着我。这个小仙子一直来到离我们不到5英尺远的地方,我刚把它的样子记录下来,它便倏然消散于空气中了。

小精灵。艾尔西看到了一个小精灵。他看起来风驰电掣的,头发都向后飞了起来;他的身边被搅起了一股疾风,但其实他自己始终纹丝未动。尽管如此,他还是显出一副正在匆忙赶路的样子。

哥布林。艾尔西看到一群长得很像魔精的小人儿,从空中斜着降落到草地上。他们在空中飞行时分成两条线,向下降落时两条线彼此相交。其中一条线是垂直下落的,小人儿们一个踩着另一个的脑袋;另一条线则是水平排开的,小人儿们一个挨着另一个的肩膀,横穿过那条垂直的线。刚一落到地面,他们便都朝着不同的方向跑开了,一个个神情严肃,好像准备要去干什么大事儿似的。这些来自树林的小精灵在原野上奔跑时,感觉只是为跑而

跑——为什么在这里跑，以及为什么跑这么快，似乎都没有什么特别的理由。他们从我们身边经过时，很少有谁不停下来盯着我们看上一会儿的。这些小精灵似乎是所有精灵生物当中最有好奇心的一群。弗朗西斯看到了三个，管他们叫哥布林。

小仙子。一个蓝色的小仙子。长着翅膀，全身颜色为海蓝色和淡粉色。翅膀像蝴蝶一样，上面有很多网格形状，色彩斑斓。身形完美，几乎全裸。一颗金色的星星闪烁在她的发间。这个小仙子是一位领导者，尽管此时此刻她的队伍并未跟在她的身边。

仙子队伍。一名作为领导的小仙子率领着一支队伍，突然出现在了原野中。她们的到来使这片原野变得光芒四射，位于60码外的我们都能看见那片光辉。那位领导者像个大独裁者一样，不容置疑地下达明确的指令。其他小仙子则在她的周围散开，逐渐围成一个圆圈。与此同时，一片柔和的光芒在草地上蔓延开来。她们制造的光芒刺激万物生长，

使原野变得生机勃勃。她们这会儿正在绕着高高的枝头飞翔，让人不禁猜测这支移动的队伍是不是从很远的地方来的。仅仅两分钟，她们组成的圆圈就已扩展到了大约12英尺宽，并且散发着明亮的光辉。队伍中的每个成员都通过一束细细的光流与领导者相连。这些光流的颜色各不相同，但主要是黄色。黄色变得越来越深，最后成了橙色。所有光流都汇聚到中心一点，融汇于领导者的灵气当中；与此同时，每道光流上的光都在来来回回地摇曳滚动。光流组成了一个仿佛倒置水果盘的形状，以处于中央的仙女为轴，那一道道均匀优雅的弧形光流成了碗的侧壁。这群小仙子热火朝天地忙活着，就好像她们有太多要做的事，但时间却完全不够似的。那位领导者看起来由内而外地散发着旺盛的生命力，而她也在那股生命力的驱使下指挥着身边的队伍。她似乎正在努力将自己的意识状态，从现在所处的水平提升到更敏锐的层次上去。

　　*小仙子。*艾尔西看见一个仪态高贵的高个儿仙

子，穿过原野来到一丛蓝铃花前。它怀抱着一个裹在薄纱状物质里的东西——也许是个仙子宝宝——然后把它放在了那丛蓝铃花中。它跪下来，好像在抚摸着什么。过了一会儿它便消失不见了。

我们还看到了某种四足生物。在那生物的背上骑着某种长翅膀的精灵，瘦瘦的，像赛马骑师一样弓着腰身。我们从未见过那种四足生物。它的脸有点儿像毛毛虫。

整片原野都遍布着这样的精灵活动。有时，形似诺姆的精灵会带着严肃的神情穿过原野，而有时，木精灵和其他一些长得像魔精的小家伙会混杂在各种其他勤劳的精灵当中，匆忙地跑来跑去……我们三个总是能够看见这些由原始能量形态构成的奇怪生灵。

艾尔西看见十几个小仙子，正排成月牙形向我们飞来。随着他们逐渐靠近，她欣喜若狂地向我描述起他们的样子有多美——但还没等她话音落地，仿佛故意想要证明她在说谎似的，他们突然就开始改变样貌，一个个全都变得狰狞不已。他们不怀好意地看了她一眼，然后便消失了。这个小插曲让我想到，许多精灵生物在进化到某个阶段时，都会对人类抱有敌对与厌恶的感情，而我们当时遇到的精灵可能恰巧就处于这种阶段之中。

弗朗西斯看到了七个娇小的、长得相当怪异的小仙子，正在离我们很近的地方脸朝下趴在地上。

（18日下午2点，在峡谷里）弗朗西斯看到了一个长得和她一样大的小仙子，穿着紧身裤和腰臀处饰有贝壳状花边的肉色紧身衣。她长着一对大大的翅膀，在身体上方完全展开。忽然间，她将垂下的双手举到头顶上方，优雅地挥舞起来。她有一张非常美丽的脸，表情仿佛是在邀请弗朗西斯随她进入仙境一样。她留着一头齐耳短发，翅膀是透明的。

金色的小仙子。有个格外漂亮的小仙子，全身都沐浴在斑斓闪烁的金光中。她长着大大的翅膀，每只翅膀几乎都分为上下两个部分。下半部分比上半部分小，底部细长如针，看起来就像某种蝴蝶的翅膀一样。她也在挥动胳膊，翅膀扑闪扑闪的。除了"金色的奇迹"以外，我完全想不出其他可以用来形容她的词语了。她微笑起来，显然看到了我们。她把手指放到唇上，满面含笑地待在柳树枝条之间，一直注视着我们。在物质层面上，她无法被人用肉眼直接看到。她右手指着自己的脚边，画了个圆。我顺着她的指尖望去，看到了六七个智天使（带翅膀的脸）[①]。她们似乎是被某种看不见的意志创造出来的。这个金色的仙女似乎用魔法彻底迷住了我的心智，让我睁圆了眼睛久久凝视着花叶间的景象。

在那金色仙女站立着的地方，一个长得像小精灵的生物沿着斜垂的柳枝向上爬去。他的出现并不怎么令人愉快——在我看来，他明显是只等级较低的精灵。

[①] 智天使（cherub，音译作基路伯）是一种超自然生物，屡次在《旧约》和《新约·启示录》中被提及。它在《旧约》中被描述为有翅膀、服从上帝的天使。在意大利画家提埃坡罗（1696—1770）的画作中，时常出现孩童头部加上翅膀的小天使形象，这些长着孩子的脸却没有身体的天使，在中世纪后被指为基路伯天童的形貌。

第 6 章
证明精灵存在的众多独立证据

出于某种奇怪的巧合——假如真的只是巧合的话——在那些能够证明精灵真实存在的证据映入我的眼帘之时，我刚刚写完一篇以精灵为主题的文章。在那篇文章当中，我详细地介绍了一系列真人目击精灵的案例，并表示我们可以根据十分确切的理由去假设世界上真的存在这样一种生命形式。在这一章里，我将把那篇文章原封不动地刊载出来。而在接下来的第7章里，我还会向大家展示一些我在《斯特兰德杂志》上公布科廷利精灵照片以后收到的新证据。

我们对于"两栖动物"的概念已经很熟悉了——它

们平时总是生活在深水里，不为人知，难觅影踪；然后某一天，它们会突然出现在沙洲上，悠闲地晒起太阳；但紧接着它们又消失了，从岸上溜回到我们看不见的世界去……

不过，如果它们现身的次数本就十分稀少，再加上某一些人就是能够比其他人更清楚地看到它们，那么可以想见，这两拨人势必会陷入一场激烈的争论。怀疑论者会以一种言之凿凿的态度说："照经验讲，陆地上只可能有陆地生物。我们绝不相信会有什么动物能从水里钻进钻出。当然了，如果你能把它展示给我看看，我们倒也可以稍微考虑考虑。"面对如此合情合理的反驳言论，被反驳者只能嘟囔着说自己真的亲眼见过它们，只是实在没法控制它们的行动。这就让怀疑论者占了上风。

类似的争论亦常见于心灵研究的领域当中。不难想象，正如陆地和海洋之间存在着一条海岸线一样，宇宙当中也有一条类似的分界线，位于被我们含混地称为"振动频率较高的世界"的边缘之处。如果我们将振动理论视为一个科学工作假说的话,那么我们便可以想象,通过提高或降低自身的振动频率,某些生物是可以跨越这条区分肉眼可见性的分界线,从一端移动到另外一端的。正如乌龟可以从水里移动到陆地上一样,某些生物也能从不可见领域进入可见领域中;与此同时,就像爬行动物会随着翻涌的浪花快步回到大海的怀抱中一样,某些生物也会逃回人类看不见的领域中去避难。当然,这仅仅是一个假设而已;可是,基于现有证据的合理假设,往往正是科学的先驱。沿着这样的假设继续深入研究,便有可能找到真正的解决方案。需要澄清的是,我在这里谈的并非灵魂回归。尽管通过七十年来的密切观察,我们已经总结出了关于灵魂回归的某些确切规律,但我要在这篇文章里谈的,其实是精灵和幻觉现象。对于精灵和幻觉现象的信仰世代相传,即便如今时移世易,人类已经步入物质时代,但是时不时地,精灵和幻觉现象仍然会以某些最令人意想不到的方式闯入某些人的生活。

维多利亚时代的科学将让世界变成一个冷硬、空洞而荒芜的地方,就像月球表面一样;但实际上,这种科学不过是漫漫黑暗中的一小片光亮而已。我们确定已知的东西非常有限，在那些确定知识的范围之外，宇宙中还延展着无穷无尽奇妙的可能性。它就环绕在我们周围，但我们却只能看到它所投下的影子与制造的蜃景。尽管如此，它仍以某种令人难以忽视的方式不断萦绕于我们的意识之中，无法磨灭。

关于那些生活在可见领域与不可见领域的中间地带里的生物，我们还能找到许多极具价值的有趣证据，其中既有真实的，也有想象出来的。当然毫无疑问，后者的情况比较常见，但是经过沙里淘金后，我们还是可以找到某些确凿无疑的真实证据的——不管放到哪里，任谁判断，他们的真实性都无可置疑。为了避免论述过于分散，我会把此文内容限定在精灵这一主题上面。此外，我还将省略所有那些从古至今一直存在于世界各地的古老传统，只聚焦于当代的实际案例。看过这些实际案例以后，大家一定会觉得，原来这个世界远比自己想象中要复杂许多呢。在这片大地的表面上，除了我们自身以外，可能还居住着某些奇奇怪怪的邻居，而且他们还有可能会为我们的子孙后代开辟出一种不可思议的科学形态。如果我们能对他们抱有同理心并施以援手，也许他们就会更愿意从幽冥中走出，出现在可见领域的地平线上。

纵观我收集到的大量案例，能够总结分析出的共通规律一共两条。第一条是，孩子比成年人更常见到那些生物。至于个中原因，有可能是孩子的感知力更加敏锐，也可能是那些小生物认为孩子不像大人那样喜欢折磨自己，因此没有那么害怕他们。第二条是，人们通常都是在天气炎热、寂静无风、阳光灿烂的时候看到那些小生物的。"那肯定是因为毒日头把他们的脑子给烤坏了。"怀疑论者会这样说。这话有可能是对的，但也可能不对。如果说，我们周围空气的振动频率增高是导致精灵现身的原因，那么可以想见，寂静无风的炎热天气正是有利于催生这种变化的绝好条件。沙漠中的海市蜃楼①是什

---

① 海市蜃楼，又称蜃景，是一种光学现象，常在海上、沙漠中产生，其出现的原因是太阳照射导致的气温梯度。本段当中作者对于海市蜃楼成因的猜测，是因其科学知识上的局限。

第 6 章 证明精灵存在的众多独立证据

么？那一整片赫然显现在荒漠当中的山峦湖泊到底是什么？穿行于无边荒漠中的整支商队都能看到它，可在它出现的方向明明既没有山，也没有湖，更没有任何云层或能够产生折射现象的水汽啊。我只能提出这个问题，但却不敢贸然回答。我只知道，这种现象与云雾弥漫的地方容易出现直立或倒置过来的物体影像完全是两码事。

如果你能赢得孩子们的信任，引导他们畅所欲言，那么你一定会惊讶于有多少孩子声称自己看到过精灵的。我本人有三个孩子，两个男孩儿、一个女孩儿。他们都很诚实，而且都说自己见过那种小型生物。他们还向我详细描述了见到精灵时的情形以及精灵的模样。他们分别都只见过一次精灵，而且都说自己见到的是孤零零的小小一只。至于遇见精灵的地点，据说两次是在花园里，另一次是在儿童室里。我在自己的朋友当中问了一圈，结果得知很多别家的孩子也都有过相同经历。不过，只要有人对他们表现出一丝一毫嘲笑或者怀疑的态度，他们就会立刻封闭自己，再不多说一句。他们所看到的精灵，有时与他们在图画书里所见到的形象并不完全相同。"精灵长得就跟坚果和苔藓似的。"格伦康纳夫人在自己的家庭内部开展调研时,听到一个孩子对她这样说道。至于我的孩子们,他们每个人见到的精灵都身高各异——不过某种生物当中存在大小不一的个体本来也很正常——但他们的衣服却全都和传统记载中的精灵服饰非常相似。毕竟,传统记载很有可能都是真的。

许多人在小的时候都曾有过这种经历。但是多数人在长大以后,都会根据唯物主义的观念,用一些既不充分也不合理的理由,去否定那些亲身经历。尊敬的S.巴林-古尔德牧师[1]曾在他所写的关于民间传说的优秀著作中,为我们披露过一件个人经历。他的讲述恰好能够证明我提到的几个观点。

"那是1838年,"他写道,"我四岁时候的事。在一个炎炎夏日里,我们一家驱车前往蒙彼利埃[2],经过一

---

[1] 萨拜因·巴林-古尔德(Sabine Baring-Gould,1834—1924),英国圣公会牧师、圣徒传记作家、古董学家、小说家、民谣搜集者。他曾在德国、法国上学,后就读于剑桥大学。他的童年居无定所,大部分时间随其父在欧洲游历。
[2] 蒙彼利埃(Montpellier)是法国南部城市,位于地中海沿岸,属于典型的地中海气候,全年温暖且日照充足,几乎没有冰雪天气,是法国的避寒胜地,被称为"阳光之城"。

第 6 章 证明精灵存在的众多独立证据 | 153

小溪掠影（摄于 1921 年）

两个女孩儿在拍到"腾空跃起的小仙子"那张照片的地点附近（摄于1920年）

片布满卵石与瓦砾,除了几种芳香草本植物以外什么也没长的平原。我们的马车行驶在一条横穿那片平原的又长又直的路上,而我就和父亲一起坐在马车驾驶座上。忽然间,我看到了令我惊掉下巴的一幕:有一群身高大约2英尺的矮人[①],正在我们的马旁奔跑着呢!他们中有些坐在车辕上笑着,有些则正往挽具上爬,试图骑到马背上去。我对父亲说了自己所见到的景象,结果他听了以后立刻停下马车,让我回到车里挨着母亲坐下。车门关上了,我被隔绝在了阳光之外。没过多久,那些小魔精的数量开始一点点地减少,最后终于完全消失不见了。"

这个故事确实能为持"中暑论"者,即认为看见精灵是因为中暑后产生幻觉的人提供支持。尽管这种支持并不具备决定性的意义,但却依然很有力量。不过,巴林-古尔德先生写下的另外一个实例其实更能说明问题。

"那是我妻子十五岁时候的事。"他说,"有一天,在约克郡,她正走在一条两侧都是绿色树篱的小路上呢,忽然间,她看见女贞树篱里坐着一个身材匀称的小绿人,

---

① 矮人(dwarf)指欧洲民间传说中的幻想矮小种族。

正用一双乌溜溜的黑眼睛瞅着她。那个小绿人大约有1英尺或15英寸高。她被吓得一溜烟地跑回了家。她记得那是一个夏日。"

十五岁的女孩儿心智已经较为成熟,可以成为一个合格的证人。故事当中落荒而逃的情节以及其他很多清晰的细节,都表明这件事情确实曾发生过。那也是一个炎热的日子。

巴林-古尔德还写下过第三个实例。

"有一天,"他说,"我儿子到花园去帮厨子采摘晚饭时要用的豌豆荚,可是没过多一会儿,他就脸色煞白地冲进屋里,说他刚才正在一排排豆畦间忙着摘豆荚时,忽然发现那里有个小个子的男人。他头戴红色帽子,身穿绿色短上衣和棕色及膝马裤,脸色苍老而憔悴。他留着灰色的胡子,眼睛像黑刺李一样漆黑僵硬。他目不转睛地盯着我的儿子,吓得我儿子拔腿就跑。"

这个故事里提到了豌豆荚,说明这件事也发生在夏天,而且天气很有可能非常热。这段叙述中也有很多精确的细节,而且那些细节与我马上要提到的其他一些案例也都能对上。巴林-古尔德先生倾向于认为，在这三段经历中，他们都是因为热昏了头，才会"看见"自己曾在童话书中看到过千百遍的精灵形象。不过，还请各位读者不要急于接受他的观点。等大家看到我在后文写下的另外一些案例以后，可能就会对他的这种解释产生怀疑。

首先，让我们对照着这些故事，看一看维奥莱特·特威代尔夫人的亲身经历吧。这位夫人不但拥有非凡的通灵能力，还敢于将这种能力赋予她的经历告诉大家，这份勇气值得每一位相关人士去赞赏与学习。我们的子孙后代应该很难想象，今时今日，想要获得一份实名发布的第一手证词到底有多困难，因为到了他们那会儿，世界一定已经大有改观，不会再像今天这样，每当有谁声称自己见过精灵时——不管这个人的品格多么高尚、多么谦逊——都会立刻有人跳出来大喊"伪造！""骗子！""欺诈！"。而讽刺的是，那些跳出来进行声讨的人，往往对此问题了解不多，甚或一无所知。

特威代尔夫人是这样说的：

大约五年前，我经历了一件神奇的小事，并由此确信世界上真的存在精灵这种东西。那是一个夏日的午后，我独自走在德文郡勒普顿庄园大道上，周遭寂静无风，没有一片树叶在晃动，整个大自然似乎都在炎热的阳光中睡着了。在我前面几码远的地方，有样东西忽然吸引住了我的目光。那是一片刀锋般又长又尖的野生鸢尾叶片，正在那里剧烈地晃动着。整株鸢尾的其余部分纹丝不动，只有这片叶子活力四射地又是弯折又是摇摆。我轻手轻脚地走上前去，满以为会看见一只田鼠骑在叶子上面，结果大大出乎意料的是，我的眼前竟出现了一个绿色的小人儿！这可真是叫我高兴坏了。他大约有5英寸长，正随着叶子一起向下摆动。他似乎穿着一双绿靴子，小小的双脚盘绕在叶子上，双手也高举到脑后并握住了叶片。我看到了一张快乐的小脸，还看到了扣在他头上的一顶红色帽子。他在树叶上面荡啊荡，而我就在边上看啊看，足足看了有一分钟，然后他才消失不见。在那之后，我又遇见过几次类似的景象——整株植物纹丝不动，上面只有一片叶子在剧烈晃动——但我却再也没能看到过让叶片晃动起来的小人儿。

在上面这个故事里，精灵着装也是绿衣红帽，与巴林-古尔德的儿子在另一个时间地点所见到的完全相同。此外，这里提到的天气也是炎热无风的。当然，怀疑论者完全可以说，这两位观察者所看到的精灵服饰之所以颜色相同，是因为历史上的很多艺术家都把精灵画成了这个样子，所以他们就在潜移默化间牢记住了这种形象。然而，特威代尔夫人对那片弯折摇晃的鸢尾叶片所进行的描述十分客观，我认为，如果硬说那是她的大脑所产生的幻觉，似乎有点儿太轻率了。在我看来，她的经历绝对算得上是一件能够证明精灵存在的有力证据。

下面我将提到的另外一个故事，与特威代尔夫人的经历十分相似。故事的叙述者名叫 H 夫人，她常常负责组织各类重要的社会活动。

"我只见过一次精灵。"她说，"那是九年前，在西萨塞克斯的一片大森林里。他是个大约半英寸高的小东西,身上披着树叶。那张小脸上的一双眼睛给我留下了深刻印象,因为他们十分空洞,毫无灵魂。他当时正在一片开阔的空地上玩耍,在高高的草丛和野花之间来回穿行。"

这个故事显然也发生在夏天。故事中出现的小生物,在长度与颜色方面都与特威代尔夫人的描述一致;而他毫无灵魂的眼神也跟小巴林-古尔德提到的"僵硬"眼睛相互呼应。

英国最有天赋的遥视者之一,就是曾经居住在伯恩茅斯的已故的特维先生[1]。他写的《遥视能力的开端》(*The Beginnings of Seership*)一书,值得每位关心这类问题的人收藏研究。同样来自伯恩茅斯的朗斯代尔先生也是一位出了名的通灵能力者。他在写给我的信中,讲述过一个他和特维先生待在一起时所目睹的景象。那

---

[1] 文森特·牛顿·特维(Vincent Newton Turvey, 1873—1912)是一位英国遥视者和工程师,因其早期著作记录了灵魂出窍的经历而闻名于超心理学领域。

件事发生在好多年前。

"当时,"朗斯代尔先生说,"我正和特维先生一起,待在他位于布兰克森公园地区①的家中,坐在花园小屋里面。小屋的门敞着,面对着一片草坪。我们像平常习惯的那样,静静待着,既不说话,也不走动。突然间,我注意到草坪通往一片松林的那侧出现了一些动静。我凑过去,结果就发现了几个穿着棕色衣服的小人儿正在灌木丛中向外窥视呢。他们沉默地待了几分钟后便消失了。但紧接着,十几个大约2英尺高、穿着鲜艳衣服的小人儿就容光焕发地跑了出来,并在整个草坪上跳起舞来。我想知道特维是否也看到了什么,于是向他瞥了一眼,并低声问:'你看见他们了吗?'他点了点头。这些精灵四处玩耍着,离我们的小屋距离越来越近。有个小家伙比其他伙伴胆子都大,直接来到了小屋附近的一个槌球门框前,将门框当成单杠,转了一圈又一圈,

---

① 布兰克森公园地区(Branksome Park)是英国多塞特郡普尔的一片郊区,毗邻布兰克森。该地区占地约360英亩(1.46平方千米),主要是住宅用地。

逗得我俩都很开心。一些精灵看着他，另一些则自顾自地继续跳舞。那种舞蹈没有任何固定形式，感觉他们只是在单纯享受舞动身体的快乐而已。他们就这样玩闹了四五分钟的时间，然后突然间，他们又都一股脑儿地跑回树林里去了。显然，这是因为留在草坪边的那些身穿棕色衣服的精灵对他们发出了某种信号或是警告。恰在此时，一个女仆端着热茶从屋里走了出来。我们从来没有这么嫌弃过茶，因为显然正是它的出现吓跑了我们的小客人。"朗斯代尔先生还进一步补充道："我在新森林地区[①]也见到过几次精灵，但从来都没有像那次那样看得那么清楚。"他的故事也发生在炎炎夏日，而且，综合所有叙述来看，他所见到的精灵明显可以分为两类。

我知道朗斯代尔先生是一个有责任感、心智健全、值得尊敬的人，因此他的证词实在不该随随便便被忽略掉。至少，根据这次经历，我们可以否定"中暑论"的假说，因为当时两个人都坐在花园小屋的阴凉里，而且

---

① 新森林（New Forest）地处英国南部地区，保留着大量的无围栏牧场、低矮灌木丛和森林。

第 6 章 证明精灵存在的众多独立证据 | 163

双方都能为彼此证实对方观察到的事。不过从另一方面来说，这两位先生之所以能看到精灵，可能也是因为他们拥有超常的通灵能力，就像特威代尔夫人一样。因此，即使那个女仆再早一点儿来到花园里，可能也看不见任何特殊的景象。

我有一位从事专业工作的朋友，他的职业性质有点儿类似外科医生，需要极高的专业造诣。说真的，即便公众通过这篇文章知道了他有见到精灵的能力，他也得不到任何好处。这位绅士性格刚健务实，就连在搞业余爱好的时候都总是一本正经，但他却有一种特殊的灵性——我们姑且称之为能感受到更高频率振动的才能吧——而这种灵性为他打开了一道通往奇妙世界的大门。不知为何，他从不愿意主动聊起这个话题，只在被我盘问时才勉强承认他从童年时起就拥有这种感知能力。最让他感到惊讶的不是他所见到的东西，而是其他人竟然见不到这种东西。他曾为我讲述过一段亲身经历，以表明他眼中的景象绝非主观臆想。

有一次，他在穿越一片田野时，忽然看到有个小家伙正在冲他急切地招手,让他跟着自己一起走。他跟了上去,结果没走多久,就见他的向导以一种郑重其事的姿态指着地面叫他看。他低下头,发现地上有很多犁沟,而有个燧石箭头就躺在那些犁沟之间。他把那个箭头捡了起来,当作这次冒险行动的纪念品带回了家。

我还有位朋友也说自己拥有看到精灵的能力,他就是汤姆·泰瑞尔先生,一个著名的通灵者,拥有极强的遥视以及其他各种通灵能力。我无法忘记有天晚上的事情:当时,在约克郡的一家旅馆里,我们刚刚走进房间,他的头顶就响起了一阵狂风暴雨般的敲击声,听起来就像有人正在噼里啪啦地扳响指关节一样。他一手拿着咖啡杯,另一只手拼命拍打着,以警告那些不速之客离我们远点儿。

谈及精灵的问题时,他说:"没错,我能看见皮克希和小仙子,而且看见过很多次了。不过地点全都是在树林里,并且都是我处于禁食期的时候。他们对我来说是种很真实的存在。但你要问我他们到底是个什么东西,我可就说不清了。我至多只能走到离那些小家伙四五码远的地方。他们好像挺怕我的,只要我一接近,他们就会像松鼠一样飞奔着爬到树上去。我敢说,如果我多到树林去走走的话,他们就会更加信任我的。他们长得确实很像人类,只不过个头很小,大约也就12或15英寸高吧。就我所见,他们是棕色的,长着大脑袋、竖耳朵和罗圈儿腿,头跟身体比起来大得不成比例。以上这些都是我的亲眼所见。不过除了我自己,我从没遇到过其他能够看见精灵的人,尽管书里都说很多遥视者能看见他们。也许他们跟大自然的生命活动有点儿什么关系吧。男性精灵头发很短,女性精灵的头发又长又直。"

博学的范斯通博士曾多次表示,这些小生灵是大自然运行过程的推进者,就像搬运花粉的蜜蜂一样。尽管有斯威登堡[①]这个反例,但是普遍来讲,一个人的智力发展程度越高,灵性感知往往就会越弱,可是范斯通博士却偏偏将丰富的理论知识与大量的实际经验相结合,深化了对这个问题的理解。如果他的观点正确的话,那

---

① 伊曼纽·斯威登堡(Emanuel Swedenborg,1688—1772),瑞典科学家、神秘主义者、哲学家和神学家。

么也许我们就得回归到水泽仙女那伊阿得斯、农牧神潘恩、树木与森林精灵等经典概念上去进行思考了。范斯通博士的亲身经历介于客观领域与不可见领域的中间地带。他在给我的信中这样写道：

> 我能清楚地感觉到，有种微小的智慧生命与植物力量的进化息息相关。这种感觉在某些地方来得格外强烈，比如埃克尔斯伯恩峡谷[①]地区。比起鲜花盛开的山野，池塘是最能让我感受到精灵生命力的地方。也许精灵这种形象只不过是我用来包装自己主观意识的虚假想象，但无论如何，我确实能真真切切地感觉到他们。他们是一群拥有感知力的智慧生命，能在不同程度上与我们进行交流。我认为这些元素精灵就像工厂劳动者一样，总在努力促进着自然法则的运行。

[①] 埃克尔斯伯恩峡谷（Ecclesbourne Glen）位于英国东萨塞克斯郡东南沿海的黑斯廷斯郊野公园中。

汤姆·查曼先生也声称自己拥有这种非凡天赋。他在新森林地区为自己建了一座小屋，像昆虫学家寻找蝴蝶一样寻找着精灵的踪迹。当我问起他是从什么时候开始拥有这种超视觉能力的，他回答说是从小就有，只是中间有很多年似乎丧失掉了。据他回忆，这种能力会随着他与大自然的亲近程度而成比例地发生变化。根据这位遥视者的说法，精灵具有各种各样的尺寸，从几英寸到几英尺不等；其中有男性、女性，也有儿童。他没有听见过他们的声音，但却相信他们是能发出声音的，而我们之所以听不见，只是因为那种声音过于纤弱精微，无法被我们的耳朵捕捉到。无论在白天还是黑夜，我们都有可能见到他们的身影。在夜里，他们会发出像萤火虫那么大的光点。他们穿的衣服样式十分丰富。

一般人只能感觉到有形物质的振动频率，因此很容易会想当然地认为，所有遥视者都是善于自欺或神志失常的人。在这样的指控面前，他们还真百口莫辩。不过需要强调的是，我在上文提到的每一位精灵目击证人，在实际生活中都是务实而又可靠的成功人士——其中一位是杰出作家，一位是眼科权威，一位是在专业领域有所建树的专家，另一位则是服务于公共事业的女士……仅仅因为他们的证词不符合我们自己的实际经验，就对其加以否认，是一种极其傲慢的体现，而任何一位明智之士都不会犯下这种傲慢的错误。

其实，如果我们把上文提到的所有当代第一手资料放在一起进行对比，便会发现一些很有趣的现象。例如，就像我在前文指出过的，多数故事都涉及了高频振动，而高频振动通常是由灼热日光所引起的，我们有时甚至能在正午的光波气浪里亲眼看见。不过必须承认，除了这一点以外，总体而言，每个人的故事都大相径庭。比如，每一位证人提到的精灵身高都不尽相同，从 5 英寸到 2.5 英尺不等。对于这种差异，支持精灵存在的人也许会这样进行解释：在传统的精灵传说中，精灵也是会像人类一样进行繁殖的，因此，存在各种不同年龄、不同身高的精灵当然也就不足为奇了。

然而在我看来，另外一种假设似乎能够更好地解释这种差异：也许在精灵的世界当中，其实是有很多种特征各异、居所不同的族群的。泰瑞尔先生看到的可能是与诺姆、哥布林毫无相似之处的森林精灵；而我的同行朋友所目睹的那些身穿棕衣、身高2英尺多、长得像猴子一样的小生物，与巴林-古尔德小时候见到的那些爬上马背的小生灵可能同属一族。在这两个案例中，那些高个子精灵都是在像平原一类的平坦地区被发现的。而在其他案例中则出现了一些小老头儿类型的精灵，他们与莎士比亚所钟情的那种体形娇小、会跳舞的女性小精灵当然完全不同。在特维先生和朗斯代尔先生的故事中，他俩实际上是同时看到了分工截然不同的两种精灵，其中一种色彩鲜艳，尽情享受着舞蹈的快乐，而另外一种则身披棕衣，负责跟随与保护前者。

有种说法称，常常出现在草地或沼泽地中的"仙女环"①，其实是精灵跳舞时踩出来的痕迹。我们当然知道这是无稽之谈，因为那些圆环显然是由香杏丽

---

① 亦称蕈圈，指同一种蕈（蘑菇）在地上生长排列成环状的现象。

蘑（Agaricus gambosus）或硬柄小皮伞（Marasmius oreades）这样的真菌构成的——它们先是从土地上的某一点冒出来，在生长过程中耗竭那里的土壤以后，就以那儿为中心点，向外延伸至营养充沛的新鲜土地上去。经过不断重复这样的过程，它们便会逐渐形成一个完整的圆环。这个圆环有可能很小，也有可能直径长达12英尺。其实森林中也常长出这样的仙女环，但是由于地面被腐叶所覆，我们便很难看见掩藏其间的真菌了。虽然仙女环不是精灵的杰作，但我们可以断言——而且也找不出什么理由去否认——不管成因是什么，一旦这些美妙的圆环得以形成，精灵们就可以围着他们绕圈跳舞了。当然了，人们自古以来确实认为这些圆环就是那些"小人儿"的嬉戏场所。

看完上述几个与我们同时代人物的故事以后，大家也许会更愿意以一种严肃的心态，去看待我们祖先对这些小生物所进行的描述。因为，尽管那些描述在具体细节上显得有些异想天开，但其核心却极有可能是真实的。不仅我们的祖先，事实上，时至今日，南唐斯地区①的一些牧羊人仍然保留着这样一种习俗：一到晚餐时间，他们就会从肩头往后扔些面包和奶酪，留给那些小家伙吃。在整个英国，特别是威尔士与爱尔兰，与大自然接触最多的一群人普遍相信精灵的存在。在他们的观念中，精灵是生活在地底的。他们会这样想倒也合情合理，毕竟，如若不然，我们该如何解释好端端的一个精灵为何会凭空消失呢？总的来说，他们的描述并不怪诞，与我在前文提到的那些当代人的故事相当吻合。"他们的身体很小，"在《比小说还离奇的事》②一书中，刘易斯夫人引用了一位威尔士权威人士的话，"大约只有2英尺高。他们的马像野兔那么大。他们一般都穿白色衣服，但在某些场合，也会身着绿衣。他们步态活泼，目光热烈而充满爱意……他们彼此之间和睦友爱，喜欢搞恶作剧。他们走路和跳舞的样子

---

① 南唐斯（South Downs）是横跨英格兰东南部沿海各县的一系列白垩山丘，绵延约260平方英里（约673平方千米）。这里自古以来就有人居住，拥有丰富的历史遗迹和考古遗迹。
② 《比小说还离奇的事》（*Stranger than Fiction*），出版于1911年，收录了威尔士的鬼魂故事与民间传说。作者是玛丽·L. 刘易斯。

十分迷人。"除了关于马的描述以外,这整段话都与前文提到的内容一致。

在所有提到精灵的古代文献里,最精彩的还数罗伯特·柯克牧师的作品。这位牧师掌管着位于苏格兰高地边缘的蒙蒂思(Monteith)教区,他于1680年左右写了一本名为《秘密王国》(*The Secret Commonwealth*)的小册子,展示了他对精灵这种小生灵的明确看法。他绝不是一个不切实际和爱幻想的人,相反还很有才干,后来甚至被教会选中,负责把《圣经》翻译成苏格兰盖尔语。他对精灵的描述与上面那段威尔士权威人士给出的信息相当吻合。除了在误以为燧石箭头就是"精灵弩箭"这一点上犯了点儿错误以外,他的论点与当代人讲述的故事可谓十分一致。根据这位苏格兰神职人员的说法,精灵的世界里也存在着部落与秩序。他们也吃东西。他们会用一种吹口哨般的细弱声音进行交谈。他们会生孩子,会死,也会办葬礼。他们喜欢嬉戏跳舞。他们拥有一般意义上的国家和政体,有统治者与法律,也会爆发冲突甚至战争。他们是一群没有责任感的小生物,除非受到冒犯，否则对人类并没有任何敌意，相反还很愿意为人提供帮助。众所周知，他们中的某些成员，像是棕精灵等，是很愿意帮人干家务的——只要人们知道如何讨他们的欢心就好。

爱尔兰地区也有与之相似的记载。不过，生活在那里的"小人儿"似乎被这座岛屿的气质所影响，性情比起别处的精灵来说更为暴躁善变。翻阅记录，我们可以看到，他们会时不时地展示武力，也经常对人们的侮慢予以报复。在《真实的爱尔兰鬼故事》[1]一书中，作者引用了刊登在1866年3月31日的《拉恩记者周报》[2]上的一篇文章：有一家人在造房子的时候，动用了一块被精灵看中的石头，结果他们造好房子住进去以后，不管白天黑夜，总有看不见的袭击者用石头攻击他们的房子。尽管没人受伤，但所有人都不堪其扰。石头攻击的

---

[1] 《真实的爱尔兰鬼故事》(*True Irish Ghost Stories*)，由爱尔兰圣公会牧师圣约翰·西摩（1880—1950）撰写的爱尔兰鬼故事集。出版于1914年。
[2] 《拉恩记者周报》(*Larne Reporter*)，北爱尔兰安特里姆拉恩的一份报纸。发行于1865—1904年。

故事其实十分常见，世界各地都有，特征也很相似。因此我们可以认定这是一种超自然的现象，攻击者也许是精灵，也许是其他某种爱搞恶作剧的超自然力量。

《真实的爱尔兰鬼故事》一书还收录了另外一个奇异案例：有个农民不小心把自家房子建在了两座"精灵堡垒"或叫"精灵山丘"之间，却不知道那里向来都是精灵来往通行所用的道路。结果，等到他们一家住进这所房子以后，每一天都会受到狂风暴雨般的噪声和各种其他形式的骚扰，最后他终于忍无可忍，逃回以前住过的小房子里避难去了。这个故事是由韦克斯福德的一名记者讲述的，他说自己曾赴实地进行过一番调查，查看了那座被废弃的房子，还对房主进行了盘问。最终他确定，那个地方确实存在着两座堡垒，而那座房子恰巧就处在连接两座堡垒的直线上。

在西萨塞克斯也发生过一件类似的事。我亲自找到了事件当事人询问情况，了解到了很多细节。那位当事人是一名女士，当时她因为想建一座假山花园，于是就从附近的田野里找来一些巨石，垒到了她的新花园里。

然而，其实大家都知道，那些大石头是属于皮克希的。一个夏天的晚上，那位女士看到一个小小的灰色女人正坐在花园里的一块大石头上。发现有人在看自己以后，那个小生灵就悄悄溜走了。后来那个小人儿又在石头上出现过几回。村里的人知道以后，就问那位女士能不能把石头移回原处。"因为，"他们说，"这是属于皮克希的石头嘛，要是咱们擅自把它搬走的话，整个村子可能都会跟着遭殃的。"最终那位女士还是将石头归还到了原处。

不过话说回来，如果世界上真的存在精灵，那么它的本质到底是什么呢？对于这个问题，我们还无法给出确切的答案，只能煞有介事地进行一番推测。《光明》杂志的编辑大卫·高先生是心灵现象领域的权威人士，起初他认为，所谓精灵，其本质不过就是普通的人类灵魂罢了，而他们之所以看起来那么小，只是因为他们总是出现在通灵望远镜的镜片较小的那端。不过，认真阅读过精灵们的各种详细经历以后，他改变了自己的观点，并得出了如下这个新的结论：他们实际上是沿着某种与人类不同的进化路径发展出的生命形式，而他们之所以出于某种形态学的原因呈现出人的样貌，只是因为大自然的造物法则实在太过神秘莫测。此外还有很多其他现象，比如曼德拉草根之所以呈现出人形，或者窗户上的霜花之所以呈现出蕨草形状，其实也都是因为这种神秘法则的作用。

1896年，一本名叫《灵魂之地的流浪者》（*A Wanderer in the Spirit Lands*）的非凡书籍横空出世。其作者法尔内塞先生记录下了他在通灵体验中了解到的许多神秘事物，其中也包括精灵。他的记录与本文中提到的信息没有出入，而且涵盖范围更深更广。在谈到元素生物时，他说："他们中有一些从外表上看起来，与据称居住在山洞里的诺姆与小精灵十分相似。人们经常在荒凉僻静之地看到的，也是这种精灵。他们中的一部分还处于非常原始的生命阶段，除了能够自由活动以外，与比较高等的植物也没什么两样儿；另外一部分则非常富有活力，会搞一些怪异且毫无意义的恶作剧……随着整个地球上的居民不断进化、灵性不断提高，这些低级的生命形式将从这颗星球的星光层中彻底消失。而我们的子孙后代起初会对他们是否曾经存在过感到怀疑，而随着时光的流逝，就会彻底遗忘和否认他们。"

如果套用这段话的理论，我们倒是可以解释，农牧神潘恩、林中女仙[①]、水泽仙女那伊阿得斯等我们在古希腊罗马经典中耳熟能详的生灵为何已经消失不见了。

也许有人会问，精灵传说与心灵哲学的整体体系到底有何关联？实话说，这二者之间其实并不具备直接而强烈的相关性，其唯一的共通之处仅仅在于，他们都能极大扩展可能性的边界，使我们摆脱受制于时间的思维方式，恢复思维的弹性，以更加开放的心态接受新的哲学。与我们自己的命运和整个人类的命运相比，关于精灵的问题显得实在微不足道，而且有关它的证据也远没有前者的证据来得那样有冲击力——不过我觉得看完本文以后，读者也绝对不会认为那些证据都是胡扯。无论如何，精灵这种生物距离我们十分遥远，发现他们并不

---

① 林中女仙（dryad）是希腊神话中的女性树妖。

比发现某种珍奇的动植物更有意义。然而与此同时，如果我们知道这个世界上存在着一种与我们自己完全不同的生命形式，并且也与我们分享着同一个地球以及地球的馈赠，那么，为何那么多"花儿吐艳而无人知晓"[①]？为何大自然要如此慷慨地向人类赠予多到根本用不完的丰硕礼物……这些长久萦绕在我们心头的谜团就会得到解答。就算得不出什么确切的结论，有关精灵的整个推测至少也是十分新鲜有趣的。有了它，森林的寂静与沼泽的荒芜都会平添几分别样的魅力。

[①] 出自英国诗人托马斯·格雷（Thomas Gray, 1716—1771）的诗作《墓园挽歌》。

第 7 章

事件曝光后的一些新证据

通过上一章的内容，各位读者应该可以看出，在科廷利照片问世之前，我们就已经能够找到许多强有力的证据，用以证明精灵这些小生命确实存在了。那些证人无法因出面做证获得任何好处，他们的证词也不带有丝毫唯利是图的气息。我在《斯特兰德杂志》上发表有关科廷利精灵照片的文章以后，又陆续收到了很多人寄给我的新证词，而我敢说，那其中的绝大多数都和我之前找到的证词一样清白。当然了，新证据当中也有一两个是精心设计的恶作剧，但多数还是十分可靠的。在这章里，我将从中挑出几个有代表性的案例逐一展示给大家。

在本书的前半部分，我曾向大家提起过一位"兰卡

斯特先生"。尽管他对科廷利精灵照片的真实性表示了高度怀疑,但他本人其实就是一位遥视者。他曾说过下面这样一番话:

> 精灵的身高介于2英尺6英寸到3英尺之间,身上总是穿着粗呢棕色衣服。对于他们,我能找到的最贴切的形容就是,这是一群有灵性的猴子。他们的大脑像猴子一样活跃,会本能地躲避人类,但个别个体也有可能极端依恋人类,或某个特定的人,不过他们随时都有可能像猴子一样张嘴咬你,咬完以后又会马上后悔。他们拥有数千年的集体经验,或者你也可以将其称为"遗传记忆",但却并不具备推理能力。他们就像彼得·潘一样,是群永远长不大的孩子。
>
> 我记得自己曾向一位指导灵请教:到底怎样才能与棕精灵偶遇呢?他对我说,如果你能走进树林,把棕色的兔子叫到面前的话,那么棕精灵便也会随之而来。总之我猜,凡是有幸得见精灵的人,肯定都很好地遵守了《圣经》中的这条训诫:"变成小

孩子的样式。"也就是说，他要么十分单纯，要么就是已经修炼得道。

最后这句话令人印象非常深刻。巧的是，有位名叫马修斯的先生也在写给我的信中佐证了这种说法。

1921年1月3日，马修斯先生从得克萨斯州的圣安东尼奥写信给我，说他有三个女儿，现在都已出嫁。她们在小的时候都能看见精灵，但在青春期之后就再也见不到了。据说，精灵曾经这样告诉她们："我们的进化路径和你们人类完全不一样。基本没有什么人来到过我们的世界里，除了历尽沧桑拥有大智慧的人，或者对性一无所知的纯洁孩子，谁也看不见我们。"这番话与兰卡斯特先生的意见可谓异曲同工。

三位少女每次进入精灵国度之前，似乎都会先进入一种入定状态。来到精灵国度以后，她们总会看到很多体形很小的智慧生灵——大约只有12英寸到18英寸高。她们说，那些精灵会邀请她们前去参加宴会庆典，或到美丽的湖泊上游览风光。当她们想要进入精灵世界时，总是能够瞬间移动过去；而当精灵在黄昏时分主动来到人类世界看她们时，她们就会随随便便地坐在椅子上，看着精灵们在自己面前翩翩起舞。"我的孩子们就是通过这种方式学会跳舞的。"这位父亲补充道，"她们把学来的舞蹈表演给我们这边的人，大家看得都很高兴，但谁也不知道她们到底是从哪儿学来的。"

这位先生并没有提到，美国和欧洲的精灵品种之间是否存在明显区别。毫无疑问，如果有人能够彻底跟进研究一下这个问题，我们就有可能整理出一套确切的精灵分类体系了。我在本书末尾将会谈到赖德拜特主教①用其遥视能力所看到的各类精灵，而如果他的能力与描述值得信任，那么我们便可以肯定，不同国家的元素生命之间是存在着明显区别的，而且每个国家内部的精灵其实也分很多不同种类。

阿诺德·J. 福尔摩斯牧师也向我讲述了他与精灵"狭

---

① 查尔斯·韦伯斯特·赖德拜特（Charles Webster Leadbeater, 1854—1934），英国人，曾任牧师，后来成为通神学会的主要成员。是自由天主教会的共同发起人。他曾写过很多神秘学主题的作品。

路相逢"的神奇经历。他是这样说的：

  马恩岛①的孩子都是呼吸着迷信的空气长大的（如果你想这么说的话）。这种迷信包括马恩岛渔民朴素美好的信仰，也包括马恩岛女孩儿天真烂漫的期盼——直到今天，岛上的女孩儿们都不会忘记在壁炉边上放些小块的木柴和煤炭，以备那些"小人儿"到访时需要生火。她们相信，如果能够认认真真地把那些"小人儿"照顾好的话，自己就有可能得到此生最大的奖励——一个优秀的丈夫；而如果自己粗心大意、经常忽视这件事的话，就有可能会摊上一个差劲的丈夫，甚至根本嫁不出去了。

  有天晚上，当我从皮尔镇返回圣马可（当时我在那里任职）的时候，发生了一件咄咄怪事。

  当时，我刚刚走过霍尔·凯恩②爵士那座美丽

---

① 马恩岛（Isle of Man），又译"曼岛"，是位于英格兰与爱尔兰之间的海上岛屿。
② 霍尔·凯恩（Hall Caine, 1853—1931），英国作家，作品包括《基督徒》《大法官》《孟克斯人》等。

的宅邸——格里巴城堡。突然间，我的马——一匹精力充沛的好马——停了下来，一动也不动了。我朝前望去，结果发现自己面前的那片昏暗光线和朦胧月色中，浮现出了一小撮身形模糊的人影。他们长得很小，穿着薄纱状的衣服，显得兴高采烈，又蹦又跳，从没有屋顶的圣三一教堂的所在地——美丽的格里巴森林峡谷的方向朝这边走来。根据当地的传说，那座教堂里从古至今一直住着很多精灵。人们曾经两度试图给它盖上屋顶，但精灵们一到晚上就会把人们整个白天的工作成果全给拆了。因此，在那之后一个世纪的时间里，人们再也没有进行过第三次尝试，而那座教堂也就成了一座没有屋顶的废弃建筑，任由那些坚持宣示主权的"小人儿"将其据为己有。

我如痴如醉地看着眼前的一切，而我的马已经快要被吓疯了。过了一会儿，这支洋溢着欢乐气息的小队掉转方向，朝着女巫之丘的方向，爬上一片长满青苔的河岸。一个体形较大、约14英寸高的"小人儿"笔直地站在原地,等着队伍中的所有同伴都欢天喜地、载歌载舞地从他身边走过,穿过山谷中的原野,向圣约翰山走去。

哈迪夫人是居住在新西兰毛利人居住区的一位移民的妻子,她也向我讲述了一个极为有趣的故事。通过这个故事我们可以看出,精灵确实是广泛分布于世界各地的:

> 读了您的文章,我才知道这个世界上还有其他人见过精灵,不由得大受鼓舞,因此想向您也讲述一下我自己的经历。那件事发生在大约五年以前。我在叙述当中将会不可避免地提到一些自己家的琐碎细节,还望您能见谅。
>
> 我家建在一片夷平的山脊顶端,占地很大,境内有房子、草坪以及各种各样的建筑物。我家两边都是陡峭的斜坡,左边的斜坡通向一个果园,右边通向灌木林与围场,前方则是一条大路。某天傍晚,天刚刚擦黑的时候,我为了把茶巾挂到晾衣绳上,

去了院子里。刚刚走下游廊,我就听见从果园那边传来了一阵轻柔马蹄声。我心想自己肯定是听错了,这声音肯定是从大路那边传过来的,因为毛利人常在那条路上骑马。我穿过院子去拿晾衣夹,但那马蹄声却显得越来越近了。当我走到晾衣绳边,站在绳子下面,举起胳膊,正要把毛巾挂到绳子上呢,马蹄声却骤然在我背后响起。紧接着,一个小小的身影从我举起的胳膊下面,骑着一匹小马疾驰而过。我环顾四周,发现自己已经被八到十个"小人儿"给包围住了。他们全都骑在小马上面,那马长得就像小型喜乐蒂犬似的。其中一个"小人儿"离我很近,从窗户里透出的光线将他映照得十分清楚。不过当时他正好背对着光,所以我看不清他的脸部。其他小人儿的脸都是棕色的,小马也是棕色的。如果他们穿着衣服的话,那衣服肯定非常贴身,就像儿童运动服一样。他们的体形像是矮人,或者两岁左右的幼儿。

我被吓了一跳,不由得失声大喊起来:"天哪!

这是什么东西？"他们肯定是被我的喊声惊吓到了，立刻一股脑儿地骑着马从玫瑰花架下面穿过，钻到下方的灌木林里去了。轻柔的马蹄声渐渐远去，我站在原地侧耳倾听，直到那声音彻底消失，才走回屋里。我的女儿（她此前曾经有过好几次的通灵体验）看见我以后问："妈妈，您怎么了？您的脸色好苍白啊，好像被吓坏了似的。您看见什么了？您刚才在院子里跟谁说话呢？"我说："我刚才看见精灵骑马来着！"

上文提到的精灵小马在很多其他地方也出现过。不过必须承认的是，这些马的存在使整个情况更加复杂难解了。毕竟，为什么精灵的世界里有马，却没有狗或别的什么生物呢？我们的面前仿佛出现了一整个新的世界，在那个世界里，一切都要以精灵的尺度进行衡量。通过大量确凿的证据，我现在已经能够相信精灵确实存在了，但像精灵小马这样的附属品却仍令我感到难以接受。

第 7 章 事件曝光后的一些新证据 | 189

下面这封信是来自加拿大的一位年轻女士写给我的。她是蒙特利尔一位杰出公民的女儿,同时也是我的熟人。我之所以把她的这封信也展示出来,是因为随信所附的照片甚是有趣。

我附在这封信里的那张照片,是一个名叫阿尔维达的十一岁女孩儿在今年夏天用勃朗尼 2A 照相机①(附有人像镜头)拍的。拍摄地点位于美国新罕布什尔州的沃特维尔。女孩儿的父亲精明强干,热衷于打高尔夫球和台球;母亲则对日本艺术十分喜爱。这两个人都对心灵现象没有什么兴趣。阿尔维达非常柔弱,喜爱幻想,但她是个不会撒谎的可爱女孩儿。

女孩儿的母亲告诉我,当她女儿拍下这张照片的时候,她自己也恰好在场。当时,地上的蘑菇引起了这个小女孩的兴趣,于是她跪下来给他们拍了

---

① 勃朗尼 2A 照相机(2A Brownie camera)是柯达公司生产的一种盒式照相机,使用 120 胶片。

张照。那是一些毒蝇伞，大小就跟普通的蘑菇一样。

拍照时，她们并未看到照片冲洗出来以后显现出的身影。

照片没有双重曝光。等底版洗出来以后，那一家人都感到大为震惊。她的父母向我保证照片绝对真实，但也表示无法理解拍出来的东西。

您认为照片里的人影会是蘑菇或者别的什么东西的影子吗？不过我总觉得，照片上明显可以看出人的右肩与右臂的线条，要说它是别的东西似乎有点儿太牵强了。

我本人十分赞同这位来信者的观点，但请读者们不必管我，只需好好看看这张照片，自己做判断就好。当然，与约克郡那个案例中的照片相比，这张照片确实显得过于模糊了些。

新西兰这个地方似乎生活着许多精灵，因为，除了上文提到的那位住在毛利人居住区的女士以外，还有另外一位生活在那群美丽岛屿上的女士也给我写过一封

来自加拿大的照片

信。若以信的有趣程度与可信程度而言，这封信丝毫也不逊色于上一封。信里是这样说的：

> 我在新西兰的所有地方都见到过精灵，不过，要说在哪儿见得最多，还数北岛①上面那些长满蕨类植物的沟壑当中。我的通灵能力是在奥克兰培训出来的，在那段培训时期中，我常常一连几个小时待在花园里。每当夕阳西下、暮色降临时，我经常能够看到精灵。经过仔细观察，我发现他们住在多年生植物的周围，或者至少也是经常出现在那儿。我看到过棕色和绿色的精灵，他们都长着薄膜状的翅膀。我跟他们说话，请他们帮忙让我种在花园里的小苗与插条茁壮成长。结果他们还真的为我效劳了呢——看看那些植物长得有多好吧！

---

① 北岛（North Island）是新西兰两个主要岛屿中较小的一个，位于南太平洋。新西兰首都惠灵顿以及奥克兰等几个大都市都位于北岛。土著居民毛利人大部分也在北岛。

自从来到悉尼以后，我也同样见过绿色的精灵。去年春天我做了一个实验：当时，我的花园里种有一些雉眼水仙，而绿色精灵时常出没在他们周边。我把其中一棵尚未发育完全的水仙鳞茎移植进了一个花盆，出门度假时将那花盆随身带着，并拜托精灵说，请让这棵水仙继续生长吧。然后，每天傍晚我都会仔细观察它的情况。结果我发现，植物下方的花盆上总会出现一个——有时是两到三个——穿着绿色衣服的精灵。我不知道他们都在夜里对那棵水仙做了什么，总之，每到第二天早上，它都会比之前变大很多；而且，尽管经过了移植等一系列的折腾，它竟然比留在花园里的那些水仙还早开了三个星期的花。

目前，我住在悉尼的罗奇代尔，身边聚集着一群信奉唯灵论的澳大利亚朋友。他们也同我一样，从小就能看见精灵。此外我觉得动物也能看见精灵。我们在花园里留了一个角落，任那里的植物自由生长。每天晚上都会有精灵出现在那里，而我们的猫也总是坐在那儿聚精会神地看着他们。这猫平时一见活物就扑，但却从不试图扑向那些精灵。

如果这封信里提到的信息对您有用，请您别有任何顾虑，尽管随意使用就好。

此外，我还收到过罗伯茨夫人寄给我的一封有趣来信。罗伯茨夫人是达尼丁①人，我与她是在澳大利亚旅行期间认识的。这位夫人在通灵能力方面极具天赋。她在信中也像上面那位女士一样，提到了精灵这种基本生命形式与花卉之间的紧密联系。罗伯茨夫人声称，她经常在自己的花园里见到精灵在帮她照料植物。

我还收到过一些爱尔兰人寄来的精灵故事。那些故事一看就是真人真事，尽管其中的某些细节估计存在一些观察误差。在其中的一个故事中，当事人运用灵魂通信的方式与精灵国度进行了接触。来自科克②布拉尼的

---

① 达尼丁（Dunedin）是新西兰奥塔戈区的首府，位于新西兰南岛的东南海岸。
② 科克（Cork）位于爱尔兰西南部，是仅次于首都都柏林的全国第二大城市。

温特小姐是这样写的:

我们曾与一位名叫倍倍尔的精灵进行过多次通信,其中一次持续了将近一小时之久。那些通信的过程明确而又迅速,就像与灵力极强的灵魂进行通信时的感觉一样。倍倍尔告诉我们,他是一个小矮妖①(男性),但在我们附近的一座废弃堡垒里居住着一群皮克希。他还说,我们这片领地一直以来都是小矮妖的家园,他们的女王皮塞尔会骑在她那华美的蜻蜓坐骑上,率领着她的子民,在我们的土地上找到他们所需要的一切。

他总是亲切地问起我的小孙子们。由于孙儿常来探望我们,倍倍尔便逐渐与他们变得熟络起来。我们总把整张桌子都让给他们,自己站在一旁静听他们欢快交谈。倍倍尔对他们说,精灵觉得兔子容易沟通,但是狗很讨厌,因为狗总追赶他们;母鸡

---

① 小矮妖(leprechaun)是爱尔兰传说中长得像小矮人的魔法精灵,拥有红色胡子,穿戴整齐的绿衣绿帽。

挺好玩儿的,因为他们可以骑在它们的背上疯跑,但是它们动不动就"嘲笑"他们,所以也挺烦的。

起初,当这个精灵提到住着皮克希的旧堡垒时,我还以为他指的是离我家不远的布拉尼城堡①呢;但是当我跟某位在这一片住了很久的农家女儿提起这件事时,她告诉我说,我家附近那条大道的入口处有一座工人小屋,而那小屋其实就是建在一座旧堡垒的遗址上的。在此之前我们从来没有听说过这档子事。

给我写信为精灵做证的证人名单还可以不断延长下去,比如"来自布里斯托尔的霍尔小姐"就是名单上的成员之一。她在信里是这样写的:

> 其实我也见过精灵,但是因为怕人嘲笑,之前我从来没有跟人说过。那是很多年以前的事了。当

---

① 布拉尼城堡(Blarney Castle)位于爱尔兰科克附近的布拉尼小镇,建于1446年,是爱尔兰历史最悠久的城堡之一,也是最牢固的堡垒之一。

时我还是个六七岁的孩子，热爱一切的花儿，因为他们在我看来都是有生命的——当然现在我也仍然这么认为。那一天，我正坐在一片玉米地当中的一条路上，跟一群罂粟花玩耍呢，忽然间，我看到了一个令我惊掉下巴、永生难忘的景象：一个长得很有趣的"小人儿"，仿佛为了逗我开心似的，正在花间捉迷藏呢。他的动作好像飞镖一样敏捷。我目不转睛地盯着他看，过了很久他才消失。他是个喜气洋洋的小家伙，但我已经记不起他的脸长什么样了。他的身体透出鼠尾草绿，四肢呈弧形，看起来像是天竺葵茎。他似乎没穿衣服，身高大约有3英寸，体形修长。自从那次以后，我一直都在找他，但却再也没找到过。

著名占水师[①]J. 富特·杨先生也曾这样写道：

> 几年前，我和一群人应邀到多塞特郡的牛津山

---
① 指用占卜杖探寻地下水源的人。

去，在美丽的山坡上度过了一个下午。那里既没有树，也没有篱，人们尽可以无遮无拦地极目远眺。与我同行的一位伙伴是当地居民，当时我和他一起单独走着，与大部队稍微拉开了些距离。正在这时，我惊奇地看到了一群看起来像是小孩子的微型生物。他们有20多个，全都穿着色彩鲜艳的短裙，光着腿，手拉手，高举手臂，欢快地围成一个完美的圆圈，跳起了舞。我们站在原地看着他们，但转眼间，他们就从我们的视线中消失不见了。同伴告诉我，他们其实是一群精灵，平时也总在那个地方狂欢。也许是我们的出现惊扰到了他们。

来自沃辛[①]的埃塞尔·伊妮德·威尔逊夫人写道：

我相信世界上有精灵。当然了，我知道他们的本质其实是自然之灵。虽然我常常在阳光明媚的日子里，看见他们在海里骑着海浪玩耍，但我身边的

---

① 沃辛（Worthing）为英国南部沿海城市。

同伴却从来都看不见他们——只有一次例外，那一回我的小侄子和小侄女也看到了他们。他们长得像小玩偶似的，个头儿很小，头发闪亮而又美丽，总是一刻不停地动来动去，跳着舞。

有一次，来自滨海绍森德①的罗斯夫人在谈到精灵这个话题时，这样对我们说：

> 我经常能够看见小仙子。他们常出现在这一带的海边灌木丛里，聚集在树底下，飘浮在树周围，然后诺姆会来保护他们。那些诺姆长得像小老头似的，戴着绿色小帽，总是穿着一身暗绿色的衣服。至于小仙子，他们的服饰可就很是轻盈精美了。
>
> 我还在自己家的温室里见过他们。那些小仙子爱在鲜花和植物之间飘来飘去，除了偶尔在草地或树上休息，似乎永远都在兴致勃勃地嬉戏玩闹。有

---

① 滨海绍森德（Southend on Sea）是英格兰东南部城市。位于泰晤士河北岸，西距伦敦约58千米，是著名的海滨浴场。

一回，我看见一群诺姆就像舞台上的体操运动员一样，一个踩一个地在叠罗汉。他们活生生地出现在那里，看起来就像我自己一样真实。我敢说那绝不是我的幻觉。我曾见到过诺姆为小仙子们制作一种苔藓床铺，那样子就像鸟妈妈在为它的雏鸟筑巢一样。我从来没有听见过小仙子或诺姆的声音，但他们总是显得特别开心，仿佛每一刻对于他们来说都很美好。

来自布里斯托尔的伊娃·隆巴顿小姐是位迷人的歌手。虽然她从出生起就双目失明，但如今她已拥有"皇家音乐学院证书获得者（L.R.A.M.）"文凭和"皇家音乐学院副研究员（A.R.C.M.）"职称。在一次访谈当中，她这样告诉我们：

> 我用自己心灵的眼睛（也就是运用遥视能力）看到过许多精灵，然后我发现他们是分很多种不同类型的。

其中一种类型是音乐精灵。他们非常美丽。你可以用"银白"这个词来形容他们，因为他们的样子让人联想起白银，而且他们还有着银铃般悦耳的嗓音。他们会说话，也会唱歌，但他们说话时发出的不是清晰的词句，而只是一些含混不明的声音——他们有专属于自己的语言，那是一种精灵语。他们的音乐不是以人类所能理解的方式构成的，它存在于音乐这一宏大概念的本质中。我觉得门德尔松并不懂得这种音乐，但柯勒律治-泰勒[①]先生的作品却使我联想起从精灵那里听到过的旋律——他所创作的《精灵叙事曲》真的十分迷人。

我还看见过舞蹈精灵。他们跳的舞文雅而又优美，充满古典气息，一点多余和混乱的动作都没有。每次遇见他们时，我基本都是独自一人。地点不一定是在树林里——只要空气中充满诗意，他们就有可能现身。他们貌似全都非常真实。

[①] 塞缪尔·柯勒律治-泰勒（Samuel Coleridge Taylor, 1875—1912），英国作曲家和指挥家，曾就读于皇家音乐学院。

还有一种类型是诗歌精灵。他们更加空灵缥缈，呈现出一种紫罗兰的色调。如果你能想象出《仲夏夜之梦》中的珀迪塔①脱离舞台，变成了一个真正精灵的样子，那么你就能够理解诗歌精灵长什么样儿了。珀迪塔拥有一种非常迷人的少女气质，米兰达②也同样如此，但是更加多愁善感一些。

色彩精灵是最有意思的一个类型。你能想象，如果世界上的每种颜色都变成了一个精灵，会是什么样的景象吗？想象一下吧，然后你就能知道色彩精灵是什么样子了。他们轻盈如风，唱着自己那种颜色的歌，跳着自己那种颜色的舞。有意思的是，我从来没有见过棕精灵——这大概是因为我对爱干家务活儿的精灵没什么兴趣吧。

小的时候，别人总告诉我精灵只是一种想象产物，因此我也深信不疑，觉得他们不可能是真的；但等我到了大约十四岁那会儿，我忽然开始

---

① 莎士比亚剧作《冬天的故事》中的西西里公主。
② 莎士比亚剧作《暴风雨》中米兰公爵普洛斯彼罗的独生女。

能够感知到他们的存在了；到现在，我已深深地爱上了他们。也许正是因为我对艺术的深入研究，才使他们走入了我的世界。我的心弦与他们产生了共振，而他们也让我觉得自己与他们成了朋友。从小到大，我在生活中收获到了数不胜数的幸福与好运，而其中的某一部分估计还得归功于精灵们的帮助呢。

本章后半部分提到的几个案例，都是由《国际心灵公报》①的编辑约翰·刘易斯先生所收集的。大家之所以能读到它们，全要感谢这位绅士。

如果我们把本章中的所有案例与我在自己第一篇以精灵为主题的文章中所引用的例证结合起来，并利用它们去共同佐证科廷利精灵事件，那么我认为，科廷利精灵照片到底是真是假、拍照的女孩儿到底是否诚信这个

---

① 《国际心灵公报》（*The International Psychic Gazette*）是英国的一份月刊。1915年至1927年，该报发表了阿瑟·柯南·道尔的2篇文章、7封信件和2篇访谈。

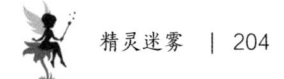

问题，便可不言自明了。论证至此，我们才终于能够满怀信心地向公众宣布这一案件的结论。

第 8 章
通神学对于精灵的阐释

在我所知道的所有西方宗教与哲学体系中，唯一一个为最基本的生命形式留有一席之地的，就是我们现在称之为"通神学"的古老教义。既然我们业已找到许多能够证明精灵存在的独立证据，那么我认为我们现在很有必要回过头来，认真研读一下通神学的相关教义，看看它与我们迄今为止收集到的论据或证实过的观点，到底在多大程度上相互吻合。

若论谁是最有资格在这件事上发表意见的人，毫无疑问，那一定是我的合作伙伴——爱德华·L.加德纳先生，因为他既是科廷利精灵照片的发现者，又是熟知通神学教义的权威人士。因此，能将他写下的研究笔记收录于此，于我而言堪称幸事。

在如今这个快节奏的商业主义时代中，人们早已淡忘了精灵存在的事实。精灵研究明明是自然研究领域中一个极富魅力的分支，但是它却已经许久乏人问津。不过，时代的车轮驶入20世纪以后，这个世界似乎终于有希望能抖落经年的尘埃，走出愚昧的阴影了。早已被人归入想象和幻觉领域的那些迷人的小小生灵，最近突然出现在了真实世界的照片中。也许这是一种征兆，预示着我们即将穿破黑压压的云层，接近云中那抹银闪闪的希望之光。

那么言归正传：精灵到底是什么呢？

首先我们必须明确的是，所有可以被照相机拍下来的东西，都必须具备物质属性。虚无缥缈而不具备物质实体的东西，没有使感光板感光的能力。例如，在所谓的灵魂摄影中，灵体之所以能将自己的"形体"留在胶片上，也是因为它发生了某种程度的实体化——就算我们使用最为敏感的胶片也是一样。但是，在物理波长的范围之内，还存在着一些因为密度过低而无法落在人类可视领域内的东西。正如天空中有许多星星，我们虽然能用照相机将其记录下来，但却从未用自己的肉眼直接看到过他们一样，地球上也存在着许多生物，由于其身体的组成物质对于我们来说过于纤弱稀薄，因此无法被我们的正常感官所捕捉到。不过，很多孩子和具备敏锐灵力的人是能看见他们的，因此历史上才会存在那些精灵传说——他们其实都建立在真实的基础之上，而且今天我们已经有能力去证明其真实性了！

用浅显易懂的话说，精灵的身体是由一种"密度比气体还轻"的东西构成的；不过，如果我们因此便认为他们没有实体，那就大错特错了。他们以自己的方式真实存在着——其真实程度丝毫也不逊于我们——并以一种迷人的方式对植物的生命进程发挥着重要作用。举个例子，许多读者肯定都注意到过这样一个现象：某些人将鲜花剪下来以后插瓶养着，就能让它开久一些，但若换了另一些人负责养护，可怜的花朵就会很快凋零。这种差异的原因可能在于，前者对于花朵总是尽心竭力悉心照料，而后者则相对而言较为漠不关心。人类的情感会对自然之灵产生强烈影响，而自然之灵正是那些鲜花的直接照料者。感受到人类的爱与温情之后，自然之灵会立刻产生反应，而那种反应会使他们所照料的植物也相应地发生变化。

精灵不会像我们一样出生与死去，但他们在一生当中，也有精力充沛的活动期与沉入休眠的隐退期。他们不是哺乳动物，而属于鳞翅目——用我们更熟悉的话说就是蝴蝶——身上具有鳞翅目昆虫的某些明显特征。他们基本没有，或者说完全不具备清醒的理性思维，平时总是活在一种迷人的放纵状态中，浑身透露出欢欣雀跃而无拘无束的生之欢愉。他们之所以会普遍呈现出微型人类的样子，毫无疑问，在很大程度上是因为他们受到了人类思想的强烈影响，而人类思想正是我们这个世界上最强大的创造性力量。

我曾到约克郡、新森林地区与苏格兰等地进行实地调查，采访了许多喜爱精灵与经常观察精灵的人，并对他们的叙述进行了比较分析。从中我发现了一个十分有趣的现象，即我的绝大多数受访者都认为，我将科廷利精灵照片进行公开的行为，对于精灵的公众形象产生了他们所能想象到的最恶劣的影响。几乎没有一个喜爱精灵的人赞赏我的做法，相反，他们全都认为那些照片是对精灵世界的非法入侵与严重亵渎，因此纷纷对我大加指责，而且措辞一点儿也不客气。我不断向他们表达我自己是以多么真诚的态度在面对这个问题，这才好不容易让他们卸下心防，将心中的秘密细细讲给我听。正因如此，我才能够有机会拿着他们的证词进行检查比对，并在这篇文章中自由讲述。

森林、草地和花园的自然之灵与整个植物世界息息相关。说得具体一点，他们的功能就是在促进万物生长的阳光与组成万物的原料之间，提供至关重要的连接环节。我们总是认为，当太阳、种子与土壤这三种要素凑在一起的时候，植物就会理所当然地生长出来。但事实上，如果没有精灵们去培育的话，种子是永远也不可能长成植物的。若想聆听管风琴的音乐，我们不能指望乐器、乐谱和空气中的风儿会自动结合并发出声响。只有当风琴手开始敲击琴键，以上三者才能够相互结合，我们也才能够听到那雄浑的音乐。尽管我们可能看不见那位风琴手，但他却是使音乐得以响起的关键要素。与之同理，对于植物的生长来说，自然之灵也具有同样不可或缺的作用。

【精灵的身体】

工作时，诺姆和小仙子的身体并不会呈现出人的样子，也没有任何其他明确的形态。知道这个事实以后，我们就能理解自然之灵世界中的众多谜团了。精灵通常并不具备清晰的形状，我们只能将其描述为"一团具有明亮火花状核心的、朦胧而微光闪烁的小小彩色云团"。因此，正如你无法描述熊熊燃烧的火舌形状一样，你也不可能准确描摹出精灵的身体形态。他们就是用这样的形态履行着职责，在植物的结构内部辛勤劳作的。他们似乎是以一种"磁性的"方式在进行工作——除此以外我也找不到其他更加贴切的形容了。受到刺激时，他们会立即做出反应，而能够对他们产生刺激的因素似乎主要来自两个方面——占主导地位的是外部的物质状况，次要的则是其内部的心智冲动。正是这两种影响共同决定了他们的工作活动。负责构建细胞组织的精灵在数量上是最多的，当他们呈现出人类形态时，体形通常都非常小，只有2英寸到3英寸那么高。另外还有一些精灵专注于培育植物的地下根系。此外还有一群擅长使用色彩的精灵，他们会行云流水般地移动着云雾状的身体，为花朵"染上"各种颜色。

精灵们似乎并不依据自身好恶拣选工作。他们中的每个个体，似乎都被一种共同的、持续作用在他们身上的影响力所支配着。这有力地表明，精灵们辛勤工作的原因其实与蜜蜂和蚂蚁一样，是因为受到了同一种本能的驱使。

【人类形态】

虽然自然之灵普遍看起来没什么责任感,似乎永远沉浸在欢乐、愉悦、无拘无束的状态中,但其实每个精灵都会偶尔表现出明确的个性并乐在其中。如果条件允许的话,他们会呈现出小小的人类形态——有时变成棕精灵或诺姆那怪诞可怖的样子,有时则化作小仙子那优雅美丽的身姿——但那样的时刻通常转瞬即逝。显而易见的是,处在这种确定而又相对具体的形式中时,他们会比平时更加快乐。看见他们呈现出的人类形态,我们很容易草率推断,精灵是具备可被感知到的身体结构的,但事实却并非如此。他们只有在不工作的时候才会呈现出"人"的形态,而即便在那样的时候,他们的身体似乎也并不具备有机体的复杂结构,而由密度均匀的物质组成,只是比平时显得更加浓稠罢了。处于人类形态中的自然之灵总是精力充沛,一会儿蹦蹦跳跳，一会儿翩翩起舞，仿佛在那种无法无天的欢闹中感受到了无上喜悦。这显然是他们在享受"工作之余的闲暇时光"，所以才能尽情玩耍。不过他们在工作的时候似乎也挺自得其乐的。一旦受到干扰或者惊吓，他们就会立刻褪去人形，变回一种质地更加轻盈的媒介物，即带有磁性的云雾状态。他们消失得那样突然、那样彻底，正如他们出现的时候一样。我们尚未搞清，他们于何时呈现出哪种形态到底是由什么决定的，而每种形态之间又是如何实现转换的。也许有人会猜，上述问题与人类的思想（某个人的思想或全人类的思想）有关，而也许当终极答案揭晓之时，我们会发现"人类的思想"确实是个重要的影响因素。但我并不急于在这篇文章中构建什么理论，而只是想对我们观察到的事件进行平实叙述。目前我能明确断言的只有一点：自然之灵的形态是客观的——这就和我们说石头、树木和人体的形态是客观的一样。

【精灵的翅膀】

精灵的翅膀与人类的手臂几乎没有什么共性可言。就翅膀这一点而言,精灵与长着好几条腿和至少两片翅膀的昆虫其实更为接近。但精灵的翅膀既无关节也无翅脉,再则也不是用于飞翔的。硬要说的话,对于精灵翅膀最贴切的形容就是"流动的放射性气体"。某些种类的精灵——特别是西尔芙[①](风之精灵)——整个身体都会被那种流动气体所包围,就好像亮闪闪的灵气在它周围散射成了一团羽毛状的雾气一样。曾经有人告诉我说,早期印第安人制作的华美头饰,肯定就是受到精灵翅膀的启发创造出来的。不过,尽管那些头饰确实能让人联想到精灵翅膀,但就算拿出其中最精美的作品来看,与其原型比较起来,也不过是一堆粗糙的仿制品罢了。

---

① 西尔芙(sylph)是风之精灵,属于欧洲古代传说中掌管四大元素(火、风、地、水)的"四精灵"之一。原本西尔芙有男性亦有女性,不过随着时间的推移,人们渐渐认为西尔芙是身材苗条的年轻少女。

【精灵的食物】

精灵不吃我们一般意义上的食物。当然，为了维持生存，他们也要摄取丰富充足的养料，不过他们不会用嘴进食，而是通过有规律的呼吸和脉搏直接吸收养分。偶尔在磁性浴盆里晒晒日光浴，似乎是他们用来恢复精力的唯一方法。花儿的芬芳使他们愉悦，难闻的气味则让他们厌恶。说起来，他们之所以总跟人类社会保持距离，除了天性谨慎这个原因以外，大概还因为人类世界实在是芬芳难觅，恶臭满盈吧。

【出生、死亡与性】

不管我们使用什么方法，都不可能正确推测出精灵的生命长度，因为他们的寿命和我们根本就没有可比性。对于他们来说，我们所理解的"出生"与"死亡"都是不存在的。他们只是从一种轻盈稀薄的状态中逐渐浮现出来，之后又一点点回归到那种不可捉摸的状态中去。这个过程会持续很长一段时间，对于某些种类的精灵来说，可能需要几年。当一个精灵以密度较大的身体生活在这个世界上时，其实就相当于一个人类正在经历自己的成年时期。而他们处在这种状态中的时间，可能和人类的平均寿命差不了多少。当然这一切在现阶段都只不过是种推测，我们唯一能够确定的事，只有他们的出现与回归过程都是极其缓慢而又渐进的。精灵没有我们通常意义上的性，不过，据我所知，他们的"身体"在某个极为早期的阶段——那时他们的状态尚且十分轻盈稀薄，没有办法被我们所感知到——是存在着分裂与再分裂的。这个过程似乎对应着我们所熟悉的简单微生物的裂体生殖与出芽繁殖。只不过，在整个周期的末尾阶段，一切都会发生融合或是重组，以形成某个更大的单体。

【对话与肢体语言】

比西尔芙更低等的精灵，基本上就完全没有

成型的语言与词汇。如果想与他们沟通，我们只能像在面对家养动物时一样，通过语调的升降与肢体语言来表达意思。的确，人类与低等自然之灵的关系，似乎与跟小猫、小狗和小鸟的关系也差不多。然而有大量证据表明，精灵与精灵之间是有着一套独属于他们自己的声调语言①的。很多人说他们会用风笛或者长笛演奏音乐——尽管那声音在我们听来显得古怪至极——但是我还无法确定，那种音乐究竟是乐器演奏出来的，还是精灵自己唱出来的。等级更高的自然之灵在拥有丰富情感的同时还具备了理性，因此我们能用语言与他们进行交流。普遍而言，他们对人类算不上友善，甚至往往心怀敌意。这也许是因为我们一点也不关心这个世界的环境对于他们而言舒适与否吧。直到近来我才认识到，古

---

① 语言可以分为声调语言和非声调语言。声调语言指只发同一个语音的时候，用不同长短、不同调值的声调，会构成不同意思的话与含义。概括地说，印欧语系的语言，如英语、法语、德语等，多属于非声调语言。而很多汉藏语系的语言，包括汉语、藏语、苗语、羌语等，则多属于声调语言。

时候的人举行"燔祭"①确实是有其意义和道理的。人类污染大气的行为会让西尔芙感到恐惧和怒不可遏。提起这些美丽的风之精灵及其工作，一句古老的谚语浮上了我的心头："阿耆尼（火神）②是众神之口！"我们的卫生习惯和丧葬习俗无疑还有很大的改进空间！有位精灵爱好者曾经得意扬扬地告诉我："呵，瞧着吧！你们是永远也不可能用照相机拍到西尔芙的——他们对你们实在太了解了！"不过，如果我们能够设法与他们建立起友好关系，说不定我们就能随心所欲地支配天气了呢！

【原因与结果】

解剖一株植物并进行研究，无论做得多认真，都只不过是在分析结果罢了，因为我们无法从中找到植物呈现出某种形态的真正原因，正如我们

---

① 燔祭"指《圣经》中提到的一种用火烧全兽作为献祭的方法。
② 火神阿耆尼（Agni）是印度教的祭祀之神，所有的祭品由他带给神灵。

无法通过解剖一尊雕像了解制作它的手艺人是谁一样。植物王国是个异彩纷呈的世界，其中充满着妙不可言的神来之笔——那些植物拥有着宛如几何定律般完美均衡的构造，对环境拥有强大的适应能力，并且还具有精美的装饰性。这一切肯定都离不开匠人、技工和艺术家的劳动。如果我们把自然之灵的概念考虑进去，就能在太阳的能量与其所创造的物质之间那片模糊的空白地带上架起一座桥梁了。

我们在自己的日常生活中，如果看到有两片木板钉在一起，肯定会毫不迟疑地认为这是某位工匠的杰作；但在面对植物世界时，看到那些精美绝伦的造物，我们却只知道满脸惊奇与敬畏地盯着他们，并从自己那有限的认知出发，自言自语些什么"进化的过程"或"上帝之手"一类的话。实际上，没有什么东西会凭空出现，一切都是由某个"实施者"打造出来的——在我们的生活中是这样，在植物的世界里也同样如此。

【工作方式】

每一位对植物生长过程感兴趣的自然爱好者，肯定都不会注意不到自然之灵这群"实施者"所施展出的纯熟技艺。尽管只要稍加运用推理能力，就能知道那种技艺从何而来，但我们却很少真正想明白过。其实，如果我们能从自身积累的丰富劳动经验出发进行思考，就能推断出精灵在植物生长过程中所起的作用了，因为我们与他们的劳动其实具有很强的相似性。当然，这种相似性中也掺杂着很多差异，因为自然之灵的工作方式通常都是很隐蔽的，在绝大多数方面都与人类的工作方式完全相反。我们在物质世界中使用双手与工具进行劳作，改造的对象是外界，处理和应用的材料也全都来自外界。我们所使用的建设性手段就是叠加与堆积。我们生来如此，这就是我们做事的方式。但自然之灵可就不同了——他们进入事物内部，由内而外地推进工作。他们的目标是尽可能紧密地融入环境，因而，促使他们进行一切活动的驱动力，就是更熟练地掌握各种方法，以便更好地完成这个目标。自然之灵通过运用各种媒介物，确实永久性地实现了与自然的亲密接触。考虑到他们在运用那些媒介物时付出了多么艰苦卓绝的努力，我们就能理解，自然界为何会呈现出如此丰富多彩的面貌了。话说回来，他们的手段可真多啊，什么为花朵染色啦，拟态啦，保护和散播种子啦，采取防御措施和施展侵略行动啦……能够使出这么多的手段，说明精灵绝对具备了理性智慧，而且彼此之间肯定或多或少地处在不同水平的竞争关系之中。在精灵的世界中，多样性与个体差异非常明显，而这也催生出了多种多样的生活形式与习俗——正如我们在人类社会中能见到的一样。当我们出于自身的利益需求耕种土地、培育作物时，其实我们也在不经意间，与自然之灵进行着互惠互利的紧密合作。没有我们的帮助时，自然之灵会让林地和草地上长出野花和浆果，而在与我们携手合作时，他们就能让地里长出丰饶的栽培谷物、花卉与水果。

【植物意识】

自然之灵与对整个植物王国发挥作用的植物意识之间，到底有着怎样的关联？这是项颇为有趣的课题，因为二者看起来似乎风马牛不相及。也许我们可以这样比喻他们之间的关系：自然之灵与植物意识分别就像一艘船上的船员与乘客——植物意识是游手好闲的旅行者，整天要么是在打盹，要么就是刚刚睁开惺忪的睡眼；而自然之灵则是机敏活跃的船员，总在维护管理船只并负责掌舵前行。船只乘风破浪穿越植物王国的旅程，意味着二者的共同成长与发展。

【未来】

如果我们能以理性的方式去理解那些"小人儿"，并与其建立起双向的正面情感，那么，一个具有无限吸引力的前景就会在我们面前铺展开来。到时候，我们将得以在光明而非黑暗中开展一切的工作。去看一个爱花人士悉心照料他或她的鲜花时所收到的成果，我们就能料想到，当我们与自然之灵进行合作时，将会收获到多么喜人的成效了。自然之灵会对情感做出回应，对于爱与关切尤为感激。其他类型的精灵我说不准，但与鲜花和水果相关的精灵绝对如此。如果我们能够摆脱纯凭实际经验下判断的习惯，改为运用理性方式探究这些自然之灵，那么我们的前途将会不可限量。

人类的自我意识觉醒以后，会获得一种与亲切情感和身体行动联系在一起的积极心态，也许到那时，我们就有能力偿还我们对自然之灵欠下的累累负债了。我们此前从未有意识地为自然之灵的进化提供过任何帮助，但是今后，在了解了真实情况的基础之上，我们一定能够与他们达成一种理性而又互惠互利的合作，为了彼此的共同利益贡献自己的力量，而不再像过去那样在黑暗中胡乱摸索，并为了一己私利大肆掠夺了。

——爱德华·L. 加德纳

在我所知道的所有通神学文献中，若论谁的文章对于精灵这种自然界的根源性力量进行的阐释最为充分彻底，那肯定非赖德拜特主教莫属。我与这位主教是在澳大利亚旅行期间认识的，他那庄重可敬的外表、清心寡欲的做派，以及他声称自己拥有的那种强大遥视能力，都给我留下了深刻印象。据他说，他的遥视能力帮助他解开了许多奥秘。在《事物的隐秘面》①这本著作中，他对生活在各个国家中的精灵都进行了详尽阐释。

纵观我收到的所有信件，有许多人都提到了会帮他们照料鲜花的小生灵。对于那些小生灵，赖德拜特主教这位遥视者是这样说的：

---

① 《事物的隐秘面》（*The Hidden Side of Things*），首次出版于1913年。

负责照料花朵的小生灵，大致可以分为两大种类——当然每个大类当中又分很多小类。第一个大类应当叫元素精灵，因为，尽管他们的样貌十分美丽，但实际上他们根本算不上是真正的生物，而只是种"思想形态"罢了。也许我该称他们为"暂时性的生物"，因为，尽管他们在其短暂的一生中过得非常忙碌与活跃，但他们既不会进化也无法转世，一旦完成工作以后，便会碎裂并溶解在周围的空气中，就像我们自己的"思想形态"一样。这些"思想形态"的主人，就是负责植物界进化的"伟大的存在"或者天使。

当那些"伟大的存在"中的一位，对自己所掌管的某种植物或花卉产生了某种新想法时，他便会特意为此创造出一个"思想形态"，以替他去实现那个新想法。那些"思想形态"通常有可能呈现出两种形式：一种是与花朵本身长得一模一样的以太物质；另一种则长成某种小生物的样子，在植物发芽、花朵含苞的整个期间，始终待在他们周围，并一点一滴地培育他们，让他们长成天使想象中的形状与颜色。不过，一旦植物彻底长大、花朵完全盛放以后，它的使命就算完成，而它的力量也会随之立刻枯竭。然后，像我刚才所说的那样，它的身体会像溶解在空气中一样彻底消失不见。毕竟，它的整个灵魂就是由执行那件工作的意志所构成的。

不过，除此以外，我们还经常在花丛之间看到另外一种小生灵在嬉戏玩闹。他们就不是简单的"思想形态"，而是真正的自然之灵了。当然，他们内部也分很多种类。其中最常见的一种长得很像蜂鸟。如我所说，人们经常可以看到他们像蜂鸟或者蜜蜂那样，在花儿周围嗡嗡地飞来飞去。这些美丽的小生灵永远不会变成人类，因为他们和我们根本就不处在同一个进化体系里。为他们赋予能量的那股生命力量无处不在——处于植物界的时候，会化作草和谷物（比如小麦和燕麦）长出地面；到了动物界，就会通过蚂蚁和蜜蜂的形式显现出来；再然后，那股力量就到达了形成自然之灵的水平。等到下一个阶段，它将会为生活在地球表面、拥有以太质身体的那些美丽精灵赋予灵魂。接着，这股能量会成长为沙罗曼蛇（或者叫火之精灵），然后再进一步就会成为西尔芙（或者叫风之精灵）——这二者的身体都已不再由以太体构成，而变成了星光体。继续进化下去，他们便会最终升上伟大的天使国度，并逐一穿越其中的各个阶段。

赖德拜特主教基于自己的亲身观察，对于各国精灵的特征也进行了描述：

>在西西里岛的葡萄园里，橘紫色或金红色的欢快矮人正在跳舞；在布列塔尼的橡树林与长满荆豆的石楠荒原上，满脸怅惘的灰绿色生物正在悄然移动；在苏格兰的半山腰上，金棕色的"可爱小人儿"突然出现……看吧，再没有什么能比上述三种精灵之间的差异更明显了。

英国最为常见的精灵可能是种翠绿色的小家伙。除了英国，我在法国和比利时的树林里，以及遥远的马萨诸塞州和尼亚加拉河岸边也见到过他们的身影。在达科他州广阔的平原之上，栖息着一种我在其他地方未曾见到过的黑白相间的精灵；而加利福尼亚州也幸运地拥有一种独一无二的白金相间的可爱精灵。

在澳大利亚，最常见的是一种非常独特的明亮天蓝色精灵；但是，他们生活在新南威尔士州或维多利亚州时，与生活在热带北昆士兰时的样子显得非常不同。后者与荷属印度群岛上的精灵倒是十分相像。

爪哇岛似乎特别盛产这种优雅的生灵。那里最常见的精灵有两种，都是单色的——其中一种拥有透出淡淡金属光泽的靛蓝色，另外一种则呈现出世上已知的所有黄色调子。这两种精灵看起来都有点儿古怪，但却能够给人留下深刻印象，迷人得很。

此外，爪哇岛当地还有另外一种引人注目的精灵。他们身上遍布着黄绿相间的条纹，看起来就像穿了件足球衫一样，显得十分花哨。那片区域可能是全世界条纹精灵的聚集地，因为我在马来半岛看到过长着红黄条纹的精灵，还在海峡另一边的苏门答腊岛也看到过布满白绿条纹的精灵。说起来，苏门答腊这座巨大的岛屿还给过我另外一个惊喜——我在那里见到了一群长得像淡紫色天芥菜的精灵，而此前我只在锡兰的山丘上见过他们。南下来到新西兰，我们可以找到一种夹杂着银色细闪的深蓝色精灵；而在南太平洋群岛上，我们将会遇到一种银白色的、如珍珠般闪烁着七彩光辉的精灵类型。

在印度，我们可以看到各种各样的精灵。生活在群山之间的精灵色彩柔和，有的身披玫瑰色和淡绿色，有的自带浅蓝色与樱草色；而栖息在广阔平原上的精灵则全身上下混杂着各种绚烂至极的闪亮色彩，色彩强烈到几乎有些野蛮的地步——不过这也正是平原地带的特征。

在这个神奇的国度中，我还在几个不同的地方看到过某种黑金色的精灵,他们那个样子让人联想起非洲的沙漠。此外我还看到过一种非常奇特的精灵,他们仿佛是用亚特兰蒂斯的山铜①那种质地的、闪闪发光的深红金属所制成的雕像。

其实我还见过另外一种与之相似的奇异精灵。他们看起来像是由青铜铸就,还跟抛了光似的锃光瓦亮。他们似乎只爱到存在火山扰动的地方安家,因为迄今为止,我们只在维苏威火山和埃特纳火山的斜坡、爪哇岛内陆、三明治群岛②、北美的黄石公园以及新西兰北岛的部分区域见过他们。某些迹象似乎表明,他们是某种上古精灵种族的后裔,进化程度处于诺姆和小仙子的中间地带。

有时我们会发现,相互紧邻的两个地区居住着

---

① 山铜(orichalcum)是亚特兰蒂斯传说中的一种神秘金属,被描述为金黄色的铜合金。有人把它与"秘银""水晶"并称为"三大魔矿"。
② 三明治群岛(Sandwich Islands)也叫桑威奇群岛,是英国航海家詹姆斯·库克在1778年1月18日发现夏威夷时为当地所起的名称,以纪念时任第一海军大臣、他的上司兼他的赞助者(第四代三明治伯爵)。从19世纪晚期开始,这个名称开始不再被广泛使用。

的自然之灵竟会截然不同。就拿我在前文提到过的那种翠绿色小精灵举例吧，他们在比利时很常见，但在仅仅100英里开外的荷兰却几乎一只都找不着。据观察，荷兰那片地盘已经被一种神情严肃的深紫色精灵给占领了。

在赖德拜特主教的这本书中，有关爱尔兰精灵的叙述可谓十分精彩。谈到爱尔兰的一座圣山时，主教这样写道：

> 我注意到了一个有趣的现象，那就是海拔高度似乎影响着精灵的分布。属于大山的精灵与属于平原的精灵几乎从来不会混在一起。我清楚地记得，有一次，在攀登爱尔兰的一座传统圣山——斯利夫纳曼山（Slievenamon）时，我发现每种不同类型的精灵都有自己专属的领地，而领地与领地之间是存在着明确分界线的。在山的较低处，比如位于山脚下的大片坡度平缓的原野上，布满了一种活泼好动

而又喜欢恶作剧的娇小红黑色精灵——他们在爱尔兰的南部和西部简直随处可见。这些精灵似乎会被某些磁性区域的中心点强烈吸引,而那些磁性区域其实是在将近两千年前,由古老的米利西安族[1]中会用魔法的祭司所建立的。当时,那些祭司的目的是将人们置于巨大幻觉的影响下,从而保证与延续本族的统治。

不过,从山脚处开始向上爬个大约半小时后,我就再也找不见一只红黑色的小家伙了。山坡被一种性情较为温和的蓝棕色精灵所占领。从很久以前,这一精灵族群就宣誓效忠于达南神族[2]。

上述精灵有自己的专属活动区域,总是恪守边界,不越雷池半步。无论是红黑色精灵还是蓝

---

[1] 在中世纪基督教的虚构爱尔兰史书《入侵之书》(*Lebor Gabála Érenn*,此为爱尔兰语)里,米利西安人(Milesians)是由伊比利亚半岛迁移至爱尔兰的盖尔人(凯尔特人)。他们成为后来的爱尔兰人。
[2] 达南神族(原文中写成了Tuatha-de-Danaan,但正确写法应为Tuatha Dé Danann,此为爱尔兰语)意为"女神达努的后裔"。他们曾是爱尔兰的统治者,但后来被米利希安人击败并驱逐,此后就隐遁到了位于地下的异世界宫殿(即仙丘)之中,成为精灵的前身。

棕色精灵，全都没有闯入过山顶周围的空间，因为那片神圣之地属于伟大的绿色天使。那些绿色的天使已在那里待了两千多年，一直守护着将爱尔兰这片神秘土地的过去与未来连接在一起的生命力量的核心区域。这些绿色天使都是庞然大物，长得比人类高得多，颜色就像春天刚刚发芽时的新叶一般，柔软、明亮，微光闪烁，难以言喻。他们用像星星一样璀璨闪耀的奇妙眼睛俯瞰着这个世界，目光中充满安宁。真的，只有活在永恒中、平静等待着必将到来的约定时刻的神灵，才会拥有那样的目光。当你看到这样的景象以后，你就不可能理解不到，事物的隐秘面到底拥有多么强大的力量，以及到底多么重要。

除了上文提到的内容以外，各位读者若想了解更多相关信息，还请自行翻阅一下赖德拜特主教这本由通神学出版社所出版的著作。那本书堪称一座收录了所有神秘学现象的知识宝库，其中提到的有关精灵的细节，与很多来自其他信息源的描述惊人地吻合。

现在，我已经向读者全盘介绍了成功拍摄于科廷利的5张照片。第三次拍摄行动虽以失败告终，但有一位拥有遥视能力的军官记录下了他在那次行动中与女孩儿们朝夕相处时的见闻，而我也将他的见闻收录进了这本书中。此外，我还对我们不得不面对的一些批评意见进行了详尽分析。然后，我还陈列出了我在科廷利精灵事件发生前后收集到的大量精灵目击证词，好让各位读者有机会自行判断那些证词是真是假。最后，我还将通神学这个唯一认真探讨过精灵问题的思想体系所提出的、关于精灵在造物过程中所占地位的概括性理论，介绍给了各位读者。在阅读并斟酌过所有上述内容之后，各位读者便与加德纳先生和我本人拥有了完全对等的信息。因此，每位读者都有义务去进行独立思考，并对这一事件的真实性做出自己的判断。

就我个人的观点而言，能够支持唯灵论的各类现象可谓铁证如山，而与之相比，科廷利精灵事件并不具备那样压倒一切、不容辩驳的证据。我们现在还没能动员起科学界中最聪明的那帮人,比如克鲁克斯[①]、洛奇或龙勃罗梭[②]等为此事做证——不过假以时日,这也并非什么遥不可及的梦。尽管证据永不嫌多,但就目前而言,我们收集到的证据已经多到足以使任何一个有理智的人相信,这一事件绝对不是能被一笑置之的恶作剧或骗局,而且迄今为止,任何针对这个话题的嘲讽批判都丝毫没能动摇它的可信程度。

其实我们并不反对批评意见。只要批评意见本身认真恳切,而且批评者本人的唯一目的就是想无所畏惧地追寻真理,那么,我们不仅不会拒绝他所提出的意见,反而还要秉持着最为诚挚开放的态度,去热烈欢迎他的发言。

[①] 威廉·克鲁克斯(William Crookes, 1832—1919),英国物理学家及化学家,是铊元素的发现和命名者。其研制的阴极射线管(克鲁克斯管),为1895年X射线的发现和1897年电子的发现提供了基本实验条件。
[②] 切萨雷·龙勃罗梭(Cesare Lombroso, 1835或1836—1909),意大利犯罪学家、精神病学家,刑事人类学派的创始人。

译后记

福尔摩斯之父选择相信精灵，你呢？

"我们最近准备翻译一本柯南·道尔的书，您有兴趣接吗？"

看到编辑同学发来的消息，我的脑海中立刻浮现出福尔摩斯叼着烟斗，在贝克街221B那间客厅里对华生分析案情时的冷静身影。

能和这位有史以来名气最大的侦探先生产生交集，何其有幸！彼时刚刚翻完一本书的我，不由得立刻来了兴趣。

"侦探小说吗？"我确认。

"不是，这一本是属于纪实类的……"编辑同学似乎在斟酌合适的措辞。

难道是讲福尔摩斯创作经历的书？我正这么想着，只见对方又发来了一句："讲精灵。"

柯南·道尔——精灵？

我有点儿晕，脑海中兀自浮现出七个小矮人围着福尔摩斯唱歌跳舞、一群长翅膀的小仙子在犯罪现场飞来飞去的诡异画面……

但这和"纪实"又有什么关系？

我一时间如坠云里，感觉自己很需要福尔摩斯来帮我分析一下，"柯南·道尔""精灵""纪实"这三个乍听起来毫无关联的词到底是如何联结在同一本书里的。

但福尔摩斯毕竟被"囚禁"在柯南·道尔的笔下世界，要搞清楚这本书到底在讲什么，还得自己研究。说起来，翻译和侦探还真有点儿相似之处——书稿是待解的谜团，充满未知的暗语；翻译者需要拿着放大镜，找出突破口，然后举着火把顺着一个知识点摸索到下一个知识点，一点点照亮从作者笔下延展开的整个版图。

而这个谜团越是离奇难解,就越是吊人胃口,惹人着迷。

"没问题,我可以接。"我答应下来,并迫不及待地翻开了编辑发来的书稿。

幸运的是,我马上就找到了本书这个谜团的突破口——前言开篇第一句,便点明了全书主要内容:"我在这本书里收录了声名远扬的科廷利精灵照片,并提供了与之相关的全部证据。"

那么,就让我从这件作者说是"声名远扬"而我却闻所未闻的"科廷利精灵照片"事件开始,一点点走进这本小书的奇妙世界吧。

两个女孩儿的世纪大骗局

1917年，第一次世界大战正进行得如火如荼。在英国约克郡布拉德福德一个名叫科廷利的小村庄里，16岁的女孩儿艾尔西·莱特（Elsie Wright, 1901—1988）迎来了自己的表妹弗朗西斯·格里菲斯（Frances Griffiths, 1907—1986）。弗朗西斯从小一直和父母生活在南非，这次是因为爸爸被征调回欧洲作战，才和妈妈一起来到了英国的表姐家里暂住。

两个女孩儿非常要好，成天结伴到屋后的美丽小溪边上玩耍。每当她俩玩儿得一身泥点子回到家时，妈妈都会气得不行。她们告诉妈妈说，自己是和精灵一起玩耍来着，但妈妈并不买账。为了证明自己没有撒谎，艾尔西借来爸爸的手持照相机，并在7月里的一天和弗朗西斯跑出家门拍照去了。当莱特先生晚些时候把照相机里的那张玻璃底版冲洗出来后，发现负片上面竟然浮现出了弗朗西斯和一群长翅膀的精灵，不由得惊诧莫名。两个月后，女孩儿们又拍到了一张艾尔西和精灵的合影。

艾尔西的父母感到大惑不解，但并没把这两张照片当真。直到1919年，艾尔西的妈妈波莉·莱特在一次通神学集会上首次公开展示了两张照片，才间接引起了一位关键人物的注意。这位关键人物就是爱德华·刘易斯·加德纳（Edward Lewis Gardner, 1869—1969），当时英国通神学领域的重要人物之一。他联系了莱特一家并得到了这两张照片，将其交给一位摄影经验丰富的专家进行鉴定，结果专家向他保证，这些照片绝对都是真的。

事情逐渐传开，到了1920年5月，柯南·道尔也听到了传闻。当时他正准备撰写一篇关于精灵的文章，因此立马设法与加德纳取得了联系。两人一拍即合,拿着照片去找柯达公司进行鉴定,但得到的答案却是模棱两可:照片本身没有经过多重曝光的痕迹,但也无法肯定上面的"精灵"是真的。毕竟,如果正式为这两张照片背书,就相当于柯达公司官宣世界上存在精灵了。这可不是小事情!

尽管如此,柯南·道尔和加德纳却并没有丧失信心。1920年7月,加德纳前往科廷利与莱特一家见面。柯南·道尔本想一同前去,但因正赶上要去澳大利亚出差而不得不作罢。此时两姐妹已经不住在一起了,在爱德华的请求下,两个女孩儿才在科廷利重聚,并尝试用爱德华带来的照相机拍摄照片。女孩儿们坚持独自行动,因为精灵不能被其他人看到。所幸结果令人欣喜——两个女孩儿在科廷利的短暂重聚时光中,又拍摄到了另外三张精灵照片,而且质量比第一批还好。爱德华十分欣喜,把这一消息告知了远在澳大利亚墨尔本的柯南·道尔。这也使后者颇感振奋。1920年12月,柯南·道尔在《斯特兰德杂志》圣诞号上发表了一篇文章,介绍了整个事件的经过，并对第一批照片中的"精灵"进行了分析。柯达公司不官宣，但是柯南·道尔官宣了！

文章发表后在社会上引起了极大轰动，当期杂志很快被抢购一空。对事件的诸多争议也随之而来，当中既有支持者，也不乏一些尖刻的反对声音。1922年，柯南·道尔出版了一本小书，更详细地记述了事件的来龙去脉，还补充了他自己收集到的有关精灵的众多理论与实例。而这本小书，就是此番我翻译的这部作品——《精灵迷雾》。

直至1930年，柯南·道尔去世，他依旧坚信精灵的存在。

在事件曝光之后的几十年里，当事两姐妹接受过许多媒体的采访，但始终坚持照片都是真的。直到20世纪80年代初期，垂垂老矣的姐妹花才在一次采访中坦言造假：照片里的"精灵"是从1914年发行的一本童话书《玛丽公主的礼物书》（*Princess Mary's Gift Book*）上剪下来的纸片，艾尔西为其画上了翅膀，用大头针将纸片固定在照相机前拍下了这些照片。大家这才

图片来自《玛丽公主的礼物书》

知道,好家伙,两个小女孩儿竟然成功把整个世界欺骗了长达半个多世纪!

不过,姐妹俩虽然因为这件事情出了名,却似乎一直都在刻意躲避关注。而且,除了加德纳送的一台照相机和柯南·道尔送给艾尔西的一小笔结婚贺礼,她俩也从未从此事中获得什么利益。当被问及为何时隔这么久才承认造假时,她们说,因为自己不想让柯南·道尔和加德纳这些大人物在活着的时候在世人面前蒙羞。艾尔西还坦陈,自己曾经心下纳罕,大头针的痕迹那样明显,为何那些大人就是看不出来呢?

不过姐妹俩也说,尽管照片是伪造的,但她们是真的见过精灵。而且,弗朗西斯直到去世前都一直坚持,最后一张被称为"精灵凉亭"的照片就是真的。

福尔摩斯之父选择相信精灵?!

假照片千千万,关于精灵的假照片也不少,为什么只有科廷利精灵照片如此成功地欺骗了那么多人,还欺骗了那么久呢?不用说,柯南·道尔这位巨星的背书在其中发挥了至关重要的作用。

可是话说回来,为什么他会对涉及精灵的事情这样上心?在杂志上写文章高调宣传还不够,文章发表两年以后还要专门出一本书,重新梳理事件经过,犀利反击批判声音并借用通神学教义提供理论支持!

说到这个问题,就不得不提到柯南·道尔除"福尔摩斯作者"以外,鲜为人知的另外一面了——他是一名唯灵论者。

柯南·道尔于1859年5月22日出生于苏格兰爱丁堡的一个天主教家庭。他的父亲查尔斯·道尔曾希望把他培养成一个精明的商人或精于算术的人，但他厌恶算术，反倒喜欢阅读写作。虽然没能如父亲所愿，但他依然按部就班地完成了医学院的学习，成为一名医生。行医十余年，他的收入却仅能维持生活，于是他开始写作。既出于兴趣，也将生活的希望寄托于此。

柯南·道尔的第一部重要作品是于1887年发表在《比顿圣诞年刊》上的侦探小说——《血字的研究》，这也是"福尔摩斯系列"的第一部小说，不过它并未激起什么浪花。直到1891年，他开始在《斯特兰德杂志》上刊登福尔摩斯短篇小说系列，才使福尔摩斯的受欢迎程度呈几何式增长。根据《吉尼斯世界纪录大全》的统计，福尔摩斯是世界上最频繁被搬上荧屏的文学形象之一。据不完全统计，自20世纪以来，有超过75名演员在200余部电视剧或电影中饰演过福尔摩斯这一角色。

虽然福尔摩斯作品使得柯南·道尔声名鹊起、名利双收，但同时也使他疲惫不堪、深感厌倦。1891年，他在一封给母亲的信中写道："我考虑杀掉福尔摩斯……把他干掉，一了百了。他占据了我太多的时间。"1893年12月，在《最后一案》中，柯南·道尔让福尔摩斯和他的死敌莫里亚蒂教授一起葬身于瀑布之中。

可这样的小说结局引来读者的强烈不满，柯南·道尔不得不"复活"了福尔摩斯。在1903年发表的《空屋》中，他让福尔摩斯逃过一劫。谈起自己在"假死"的几年流浪生涯中干了什么，福尔摩斯告诉华生，他"远赴中国西藏旅游了两年，饶有兴趣地造访了首府拉萨"，还"顺势拜访了麦加圣地"。

没想到，以科学理性著称的福尔摩斯，竟也对神秘的东方宗教充满兴趣呢。

如果说福尔摩斯对心灵世界的兴趣仅通过这些只言片语流露出来，那么柯南·道尔本人可就没有这么含蓄了。很多人都知道，晚年的他几乎把全部精力都投入了宣传唯灵论的活动当中。

唯灵论是一种古老的观念，宣扬自然界存在着非物质性的感知实体或意识实体，即灵魂（soul）或灵（spirit），可以在人进入诸如入定（trance）之类的特殊精神状态时与之建立沟通，并具有影响物质世界的神奇力量。掌握"通灵"能力的人则被称为灵媒（medium）。

现代灵学界一般奉瑞典科学家、神学家、神秘主义者伊曼纽·斯威登堡（Emanuel Swedenborg，1688—1772）为鼻祖。19世纪中后期，也就是柯南·道尔生活着的那个时代，唯灵论经历了一次回潮。那时的唯灵论者相信肉体虽死但灵魂不灭，尝试通过各种方式验证灵魂的存在，并试图与之交流。1848年，美国纽约州的福克斯（Fox）家三姐妹宣称能通过敲击桌子的方式与鬼魂交流。这类活动在后来被发展成"降神会"，成为风靡一时的社会现象。灵学运动很快传到英国及欧洲大陆，在19世纪50年代达到高潮。灵媒们能够演示一些奇异的功能，如招魂、心灵感应、意念移物等，吸引了大批观众。科学家当中持怀疑或抵制态度的人居多，但也出现了一些著名的拥护者，比如现代进化生物学的奠基人之一阿尔弗雷德·拉塞尔·华莱士（Alfred Russel Wallace，1823—1913），以及几乎与赫兹同时证明了电磁波存在的奥利弗·约瑟夫·洛奇（Oliver Joseph Lodge，1851—1940）等。

除他们以外，唯灵论最有名的支持者就要数柯南·道尔了吧。1917年，恰好在艾尔西和弗朗西斯第一次拍下精灵照片的那年，他向公众正式宣布了自己对于唯灵论的信仰，之后还以此为题材写过好几部著作，如《新启示》《重要信息》《一个唯灵论者的漫游》等。实际上，加德纳初次去科廷利考察那次，柯南·道尔之所以没能一同前往，正是因为要去澳大利亚宣传唯灵论思想。

值得一提的是，作为虔诚的唯灵论者，柯南·道尔不仅积极参加降神会，还笃信"灵魂摄影"。灵魂摄影这东西说穿了，就是利用双重曝光的方法，将两个身影一明一暗呈现在同一张照片上，呈现出死者灵魂降临在生者身边的效果。它是法国人达盖尔在1837年发明摄影术之后，摄影这项新技术与灵魂存在的古老信念相结合的产物。1861年，美国南北战争爆发，成千上万的家庭失去亲人，灵魂摄影也因此而大行其道。当时很多人都迫切想拍一幅与亲人灵魂的"合影"，以此寻求心灵慰藉。一个名叫威廉·穆勒（William Mumler，1832—1884）的美国摄影师利用这个机会大发横财，甚至还为林肯遗孀拍摄过一幅与"林肯灵魂"的合影照片。20世纪初，灵魂摄影席卷英国贵族，摄影师威廉·霍普（William Hope，1863—1933）也因拍摄了一大批"鬼魂"影像而声名大噪。柯南·道尔成了霍普的"铁粉"，并坚信他的照片拍下的都是真实灵魂。而当有人指控霍普伪造照片时，柯南·道尔还专门写了一本《灵魂摄影案》（*The Case for Spirit Photography*，1922）来支持摄影师。

当然，那时的社会上也不乏对唯灵论的批判声音。1920年，《纽约太阳报》痛斥这些通灵者："自从战争开始以来，那些早就被曝光过的假灵媒，又重新开始了他们丑陋的行当，在每一个大城市里，他们都在靠他人内心的痛苦来养肥自己。"

柯南·道尔自己也在《精灵迷雾》这本书里多次提

及这样的反对声音,例如:"我们可太了解这类批评家了,因为我们在进行各项心灵研究工作时总能遇见这一类人。可惜,想要立刻向其他人证明他们的言论有多荒谬,却并不总是那么容易。"他还提到当时的英国有很多反对唯灵论的媒体,如:"《真相》(*Truth*)这份报刊一直以来都认为,整个唯灵论运动以及与之相关的一切都是一场巨大而愚蠢的欺世惑众的阴谋,由骗子所炮制,由傻瓜来买单。"

此外,始终战斗在反唯灵论一线的,还有被誉为史上最伟大的魔术师和脱逃术师的哈里·胡迪尼(Harry Houdini,1874—1926)。尽管胡迪尼和柯南·道尔是好友,但在魔术上的深厚造诣让他对各种骗术了如指掌。正因如此,他对柯南·道尔研究多年的通灵术持怀疑立场。当柯南·道尔在全世界宣传唯灵论时,胡迪尼则像打假斗士一样,致力于揭露骗人的灵媒,并向公众复盘他们的诡计是如何运作的。他曾在1926年公开表示:"我确定,通灵者每年都可以骗到数百万的财富。""柯南·道尔就是奥利弗·洛奇爵士外最大的受害者。"因为这种对立,柯南·道尔与胡迪尼的友谊走到尽头,柯南·道尔甚至曾在1924年给胡迪尼写了一封信,称他"很快就会遭到报应"。显然,所有反对的声音都没能动摇柯南·道尔对于唯灵论的信念,反而让他愈加坚定。

现在回到前文提出的那个问题上:为什么柯南·道尔会对涉及精灵的事情这样上心?不难看出,唯灵论主要关心人在死后是否存在灵魂的问题,而不是欧洲神话中经常出现的各种类人小生灵。

对于这个问题,其实作者本人在这本《精灵迷雾》中就给出了解答:

> 精灵是否存在这个问题,与"我们自己的生死命运以及我们失去的人死后是否能以灵魂的形式存在"这一更重要的问题没有直接关系,尽管正是因为研究这个问题才使我关注到了精灵。但是我认为,任何能够扩展人类视野、向人类证明物质并非宇宙终极本质的东西,都一定会极为有效地打破唯物主

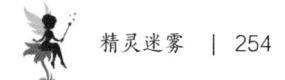

义的桎梏，将人类的思想引导至更加广阔与灵性的层面上去。

看来，无论精灵也好，别的也罢，只要是能帮助人们打破唯物论观念的东西，柯南·道尔通通欢迎。毕竟，敌人的敌人是朋友嘛。

用最严谨的态度做最天马行空的梦

由于已经知道科廷利精灵照片是假的,也了解过历史上的各类通灵骗局,因此我在翻译这本书的过程当中,总是感觉自己有点儿精神分裂:一个我不断努力贴近作者的思路,跟随作者条分缕析、全面彻底地证明"精灵"这种东西真的存在;另一个我则在一旁冷眼旁观,对于柯南·道尔、加德纳以及文中提到的一众"精灵目击证人"感到哭笑不得。在本书第5章里,一位自称具有通灵能力的军官在与艾尔西、弗朗西斯一起到乡间野外"观察"精灵时,连篇累牍地"记录"下了自己和两个女孩儿"亲眼"见到的精灵,其叙述可谓精细到了头发丝儿的程度;

而在第8章里，柯南·道尔引用了通神学这个"唯一认真探讨过精灵问题的思想体系"对精灵的论述，包括精灵的饮食起居和工作方式，以及世界各地的精灵长什么样子……翻译时，我一边觉得这些描述可真美啊，一边又觉得这些幻想可真荒谬啊。而最重要的是，我感到实在不能理解，那个写出福尔摩斯的人，那个墓志铭为"真实如钢，耿直如剑"的人，怎么会愚蠢到相信这些东西呢？他为什么会变得反对唯物论，选择站在灵媒与精灵这类"不科学"的事物一边呢？难道是因为他写这本书的时候年纪大了，脑子已经不清楚了？我想起确实有文章说过，柯南·道尔是因为暮年时在战争和大流感中失去了儿子和多位至亲，才会因悲伤和思念而选择相信人死后有灵魂的。

但在研究柯南·道尔与神秘学关系的过程中，我了解到，这位大作家虽然是在晚年才公开皈依唯灵论的，但这种信仰的萌芽从很早的时候就出现了。他在9岁时被送入耶稣会寄宿学校学习，但在1875年离开学校时已经对天主教产生厌恶情绪，并在后来成为一名不可知论者。而他对唯灵论产生关注的时期则与他刚开始写福尔摩斯的时期大体一致。1887年，也就是发表"福尔摩斯系列"小说第一篇《血字的研究》那一年，他给聚焦于心灵学与神秘学领域的英国杂志《光明》写信，讲述了他参加的一次降神会，并表示自己在其中感受到了某种东西。

也就是说，柯南·道尔对于心灵学与神秘学的兴趣，是在他利用现代科学知识和"演绎推理法"写出惊艳世人的侦探作品的同一时期产生的。那时他的脑子清醒而又锐利，也还未被战争夺走骨肉至亲。唯灵论是这位拥有伟大头脑的作家，在清醒的状态下理智思考后，主动选择的倾向。

其实，在《精灵迷雾》这本书里面，我们就能看到作者这种理智的态度。文章通篇都采取了一种客观严谨的论述方法，细致梳理科廷利精灵照片整个事件的时间节点，翔实收录事件当中的一封封通信原文，还基于当时普遍为人所接受的科学理论（如以太、振动频率等）进行分析，提出关于精灵存在的有理有据的科学假说。而且，柯南·道尔与加德纳显然都很追求真实性和确定性，采用了各种方法去验证科廷利精灵照片的真伪。他们去找柯达公司和其他一些专业摄影师来鉴定照片是否有后期处理的痕迹，还亲自到照片拍摄地点收集一手信息，甚至还秉持着"科学的可重复性"原则让当事人重新拍摄一些精灵照片来看。他们没放过任何一点儿蛛丝马迹，比如，发现艾尔西擅长画画且当过摄影师的助手以后，加德纳坚持对她的绘画能力进行测试，还将她在测试中画下的精灵与照片中的精灵进行了比对。

不过，他们的验证标准似乎有时会有一点儿"跑偏"，变成一种人品决定论。比如加德纳就明确说过："在调查初期，该案的重点就落在了当事人的个人情况，以及她们是否具有伪造动机这两个问题上面。""无须我再多说什么大家也能看得出来，这整件事之所以如此令人信服，原因就在于当事人一家子都是朴素正直得无与伦比的人。"而柯南·道尔在提到支持科廷利精灵照片的人们，以及他所收集到的众多精灵目击证词的当事人时，也总爱强调他们是诚信、务实且在现实生活里做出了一番成就的人，仿佛一个人靠谱又能干，就能证明他说的所有话都是真理一样。

当然，撇开这个有点对人不对事的检验标准，我还是要承认，写下《精灵迷雾》这本书的柯南·道尔并不是一个玄幻作家，也绝没有抛开事实不谈的迷信态度。在他眼里，灵魂也好，精灵也罢，都是一种客观存在的事物，并不带有童话色彩——或者说，他在整本书里着力想要做的，就是祛除精灵所具有的童话色彩。他将精灵与中非俾格米人，以及因纽特人相提并论，表示他们只不过是进化路径与我们不同的另外一种生物而已，而我们之所以从来都看不见他们，只是因为其振动频率与我们不同，我们用于观测的物理手段还没到位罢了。看看他说的话吧：

> 在我看来，某些人拥有见他人所不可见的能力，丝毫也不违背科学。如果那些东西真的存在，而人类也致力于将大脑的创造性能力用于解决这个问题，那么我们未来很有可能会发明出类似于通灵眼镜一类的东西，让我们得以感知到这个更广阔的世

界。虽然这现在听上去令人难以置信,但假以时日,一切都是大有希望的。既然高压电可以通过机械装置转化为低压电,用于各类用途,那么以太的振动与光的波动为什么不能进行类似的转化呢?

说实话,如果回到作者生活的时代,这种想法倒也相当合情合理。19世纪和20世纪之交的那个时代,是一个充满了新发现的时代,汽船、飞机相继出现,探索家的脚步抵达了世界各个角落。达尔文乘坐汽船环球旅行,写出了振聋发聩的《物种起源》;人类学家深入各个大洲,发现了文明世界闻所未闻的土著人种。而柯南·道尔本人又是一个精力充沛、见多识广的冒险家——他不仅广泛涉猎板球、橄榄球、高尔夫、台球、骑行、滑雪等运动,还到南非做过志愿战地军医,更曾在1880年3月到一艘北极捕鲸船上去做过随船医生。在一生当中,他的足迹遍及了北极、非洲、新西兰、美国等地,目睹了种种难以想象的景象。作为一个医学工作者,他也接触到了维多利亚时代不断涌现的各类科学理论,包括电磁理论、生物进化论、细胞学说等。已知的一切都在颠覆,知识的版图不断扩展,宇宙的本质仿佛近在咫尺而又仍旧深不可测……在这样的历史背景之下,认为精灵也许真的存在,而且其身影也许能被新产生的摄影技术捕捉下来,又有什么不可理解的呢?

反观我自己,我自认为柯南·道尔和跟他"一伙儿"的人都错得离谱,是因为我"知道"科廷利精灵事件的真相,也"知道"世界上没有精灵——可是,我又凭什么说自己知道呢?就凭我仅有的那点儿历史科学常识,以及我在这个时代所受到的教育和观念影响吗?那么,我和当年的柯南·道尔又有什么区别?和那些信誓旦旦说见过精灵的人又有什么区别?

也许,我们阅读这本书的真正意义,并不是要去探讨精灵存在与否,而是以人为鉴、以史为鉴地深入理解"相信"这件事情。

相信就是力量,相信就有立场。通常,一个人愿意相信什么,往往就会罔顾不利论据,千方百计只看支持自己信念的那部分"事实",设法自圆其说——就像柯南·道尔在这本书里表现出的那样。

而如果我们每个人都扪心自问一下，到底敢不敢保证自己没有这样的思维方式？敢不敢保证自己这个时代的"常识"就一定是终极真理？如果说，当年那些声称见过精灵的人，都是因为先入为主地相信精灵，因而产生了错觉，那么，我们今天目之所及的一切，有没有可能也会因为我们自身的信仰局限，而产生偏差与扭曲呢？

也许，比起"相信"来说，"不相信"才是更更重要的——"不相信"自己相信的东西一定是真的，也"不相信"自己不信的东西一定是假的。只有这样，我们才更有可能接近这个世界的真相吧。

绕了一圈，我发现自己竟与"不相信"占据时代主流的唯物论思想的柯南·道尔与加德纳站在了同一个立场上面。

而精灵到底存不存在呢？

艾尔西和弗朗西斯说存在，柯南·道尔和加德纳也说存在。而我只能说，我不相信他们，也不相信自己。

图片源自英国插画师西塞莉·玛丽·巴克（Cicely Mary Barker，1895—1973）笔下的花仙子

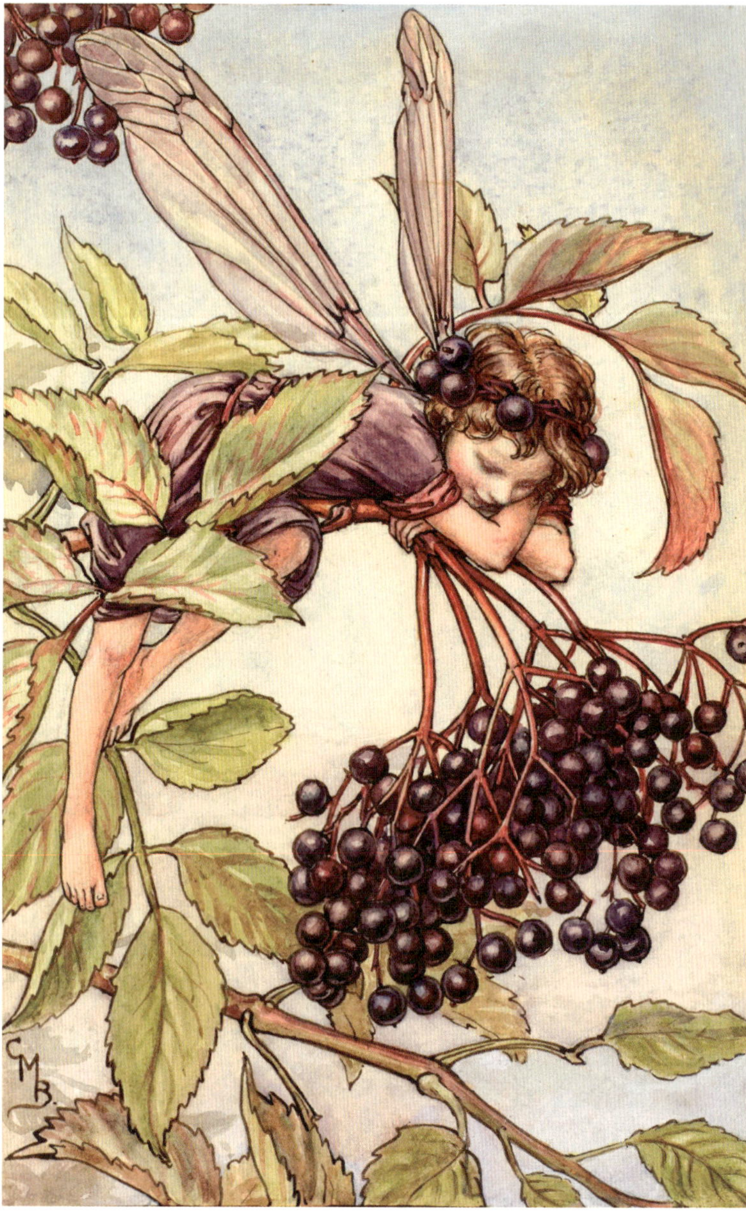
CMB.

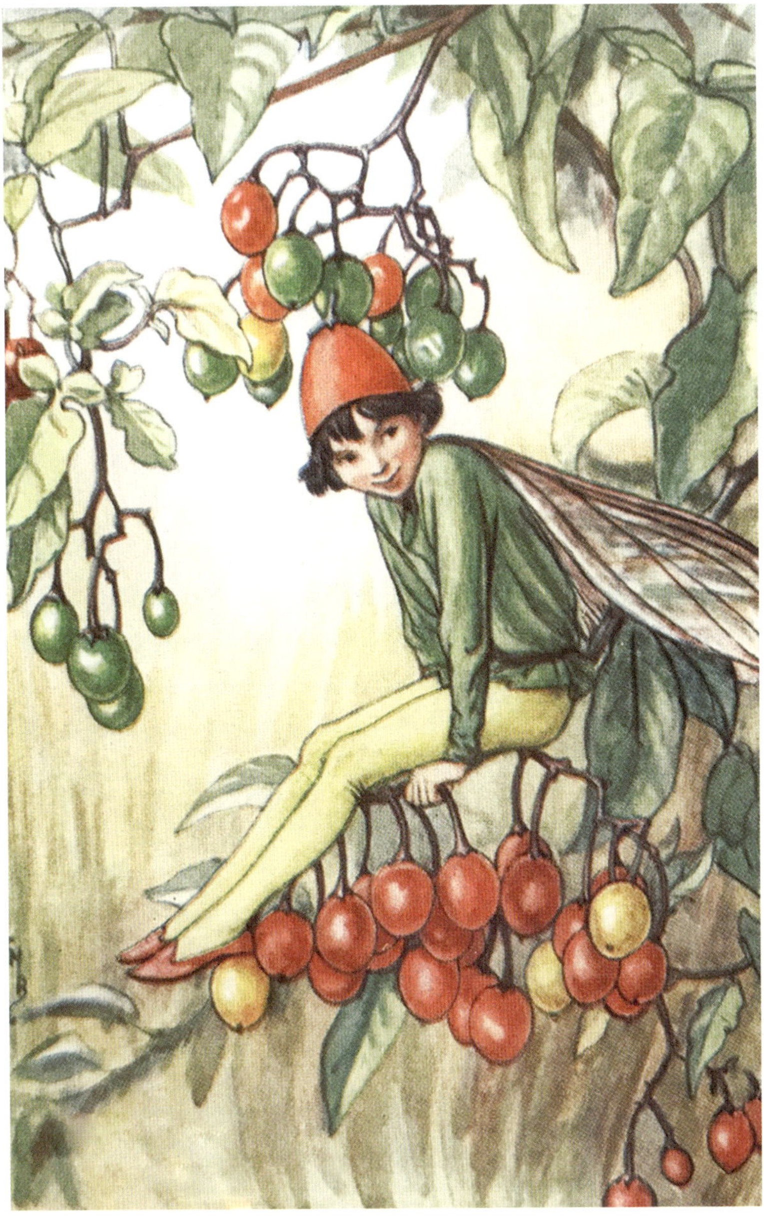

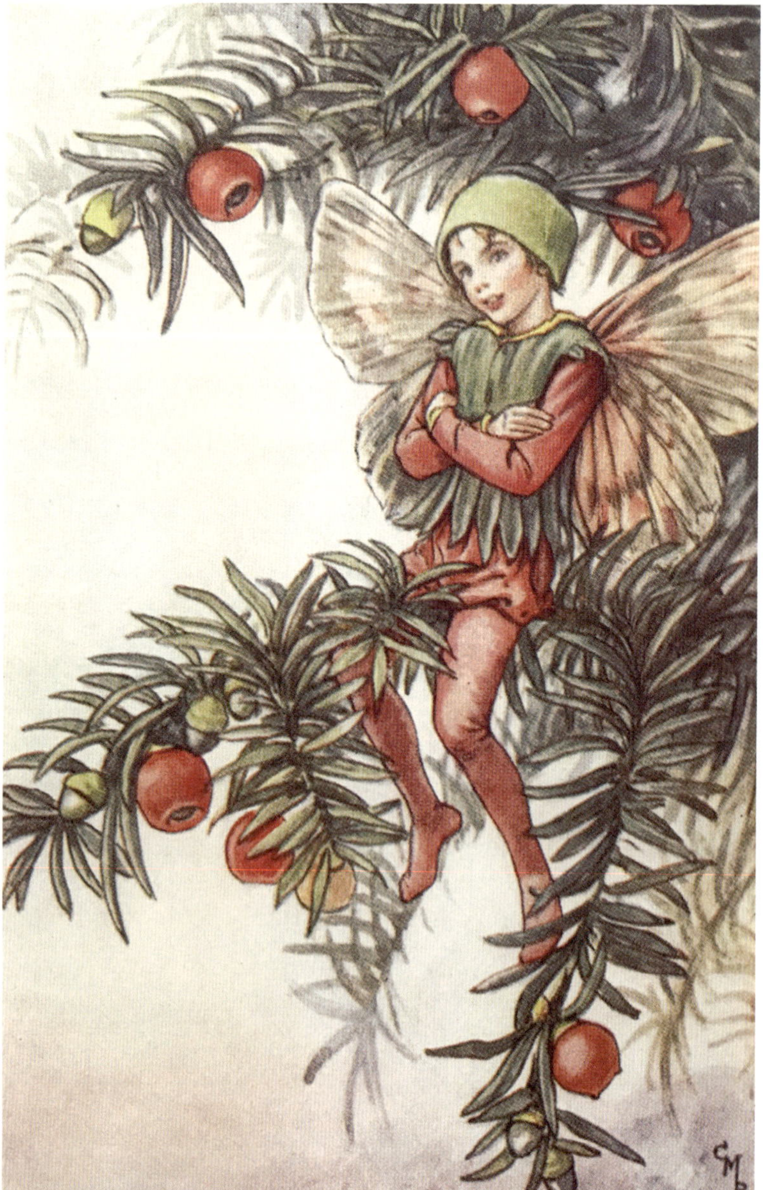
CMB

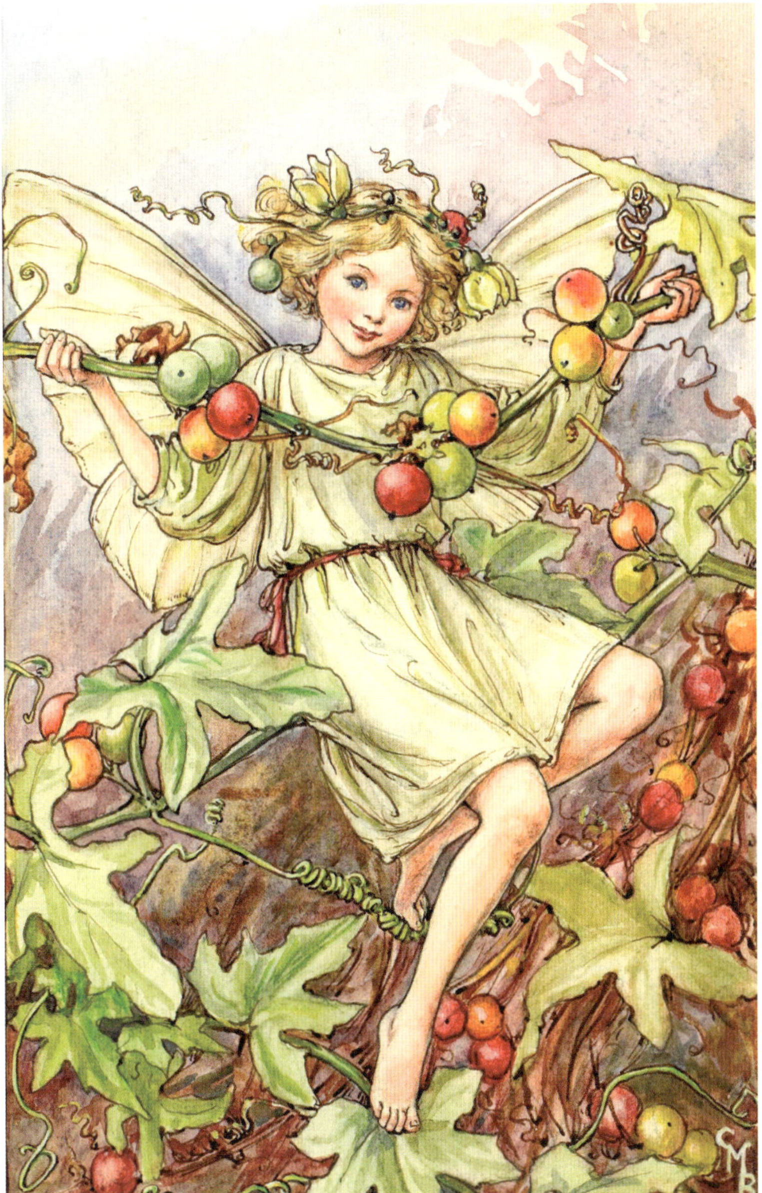
CMB

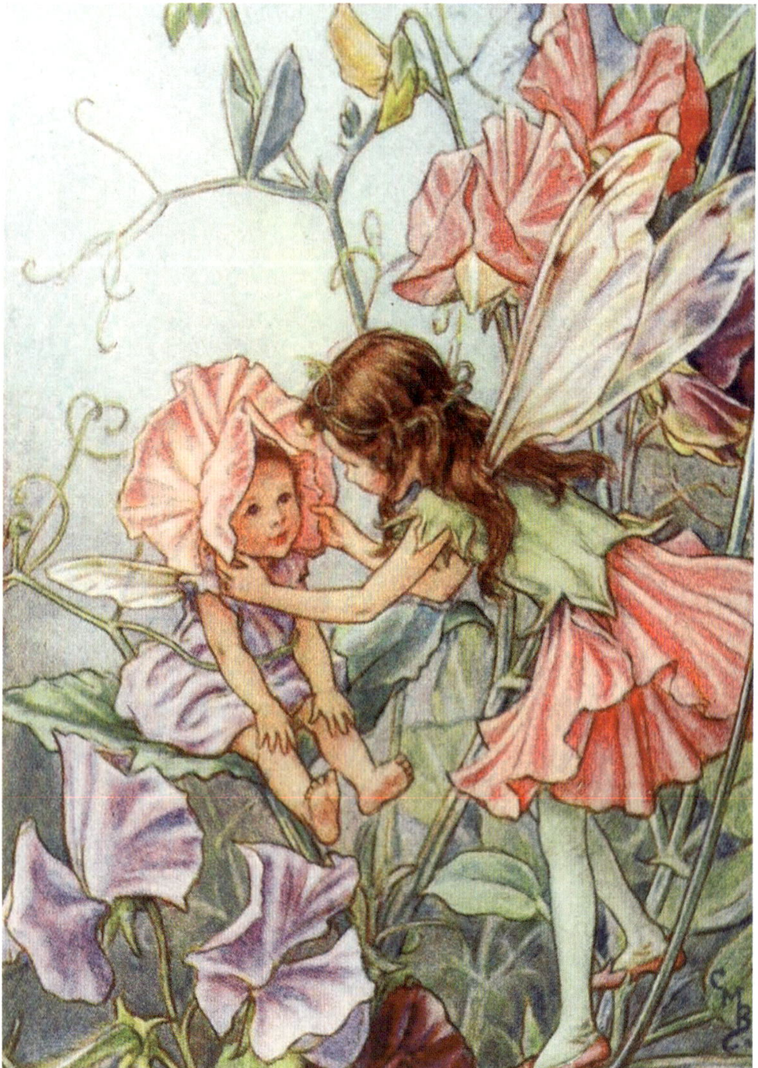

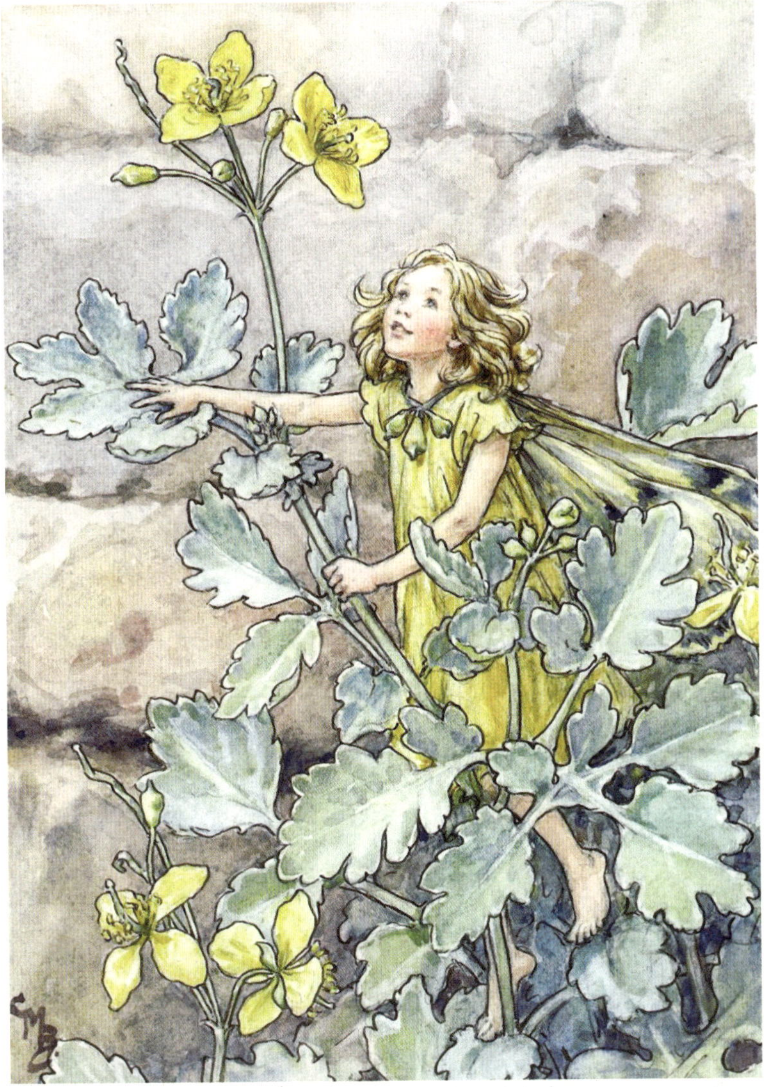

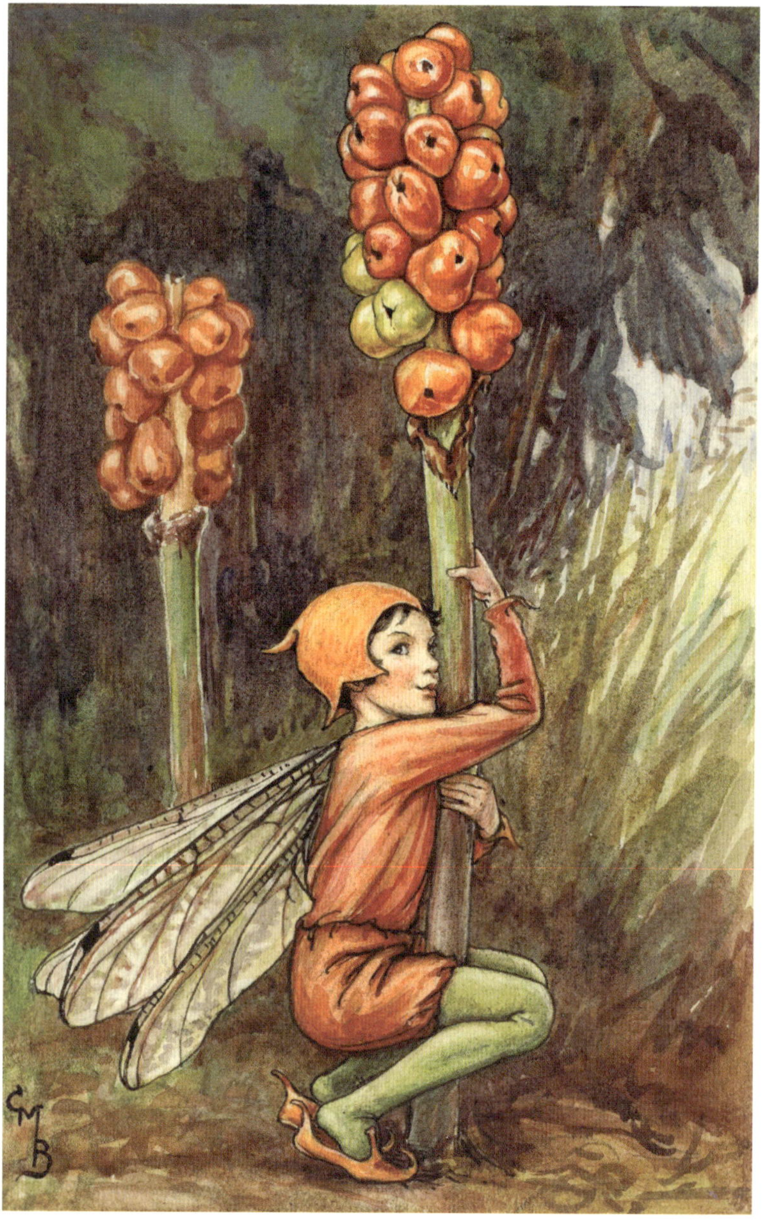
CMB

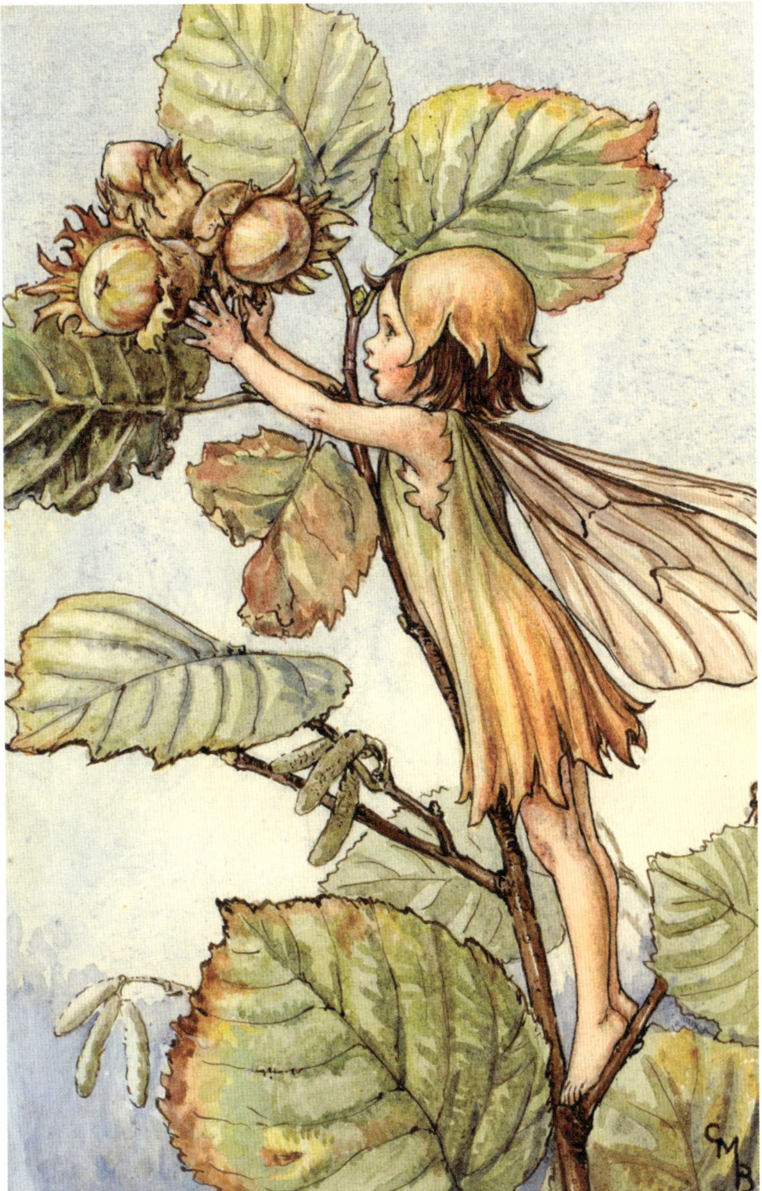

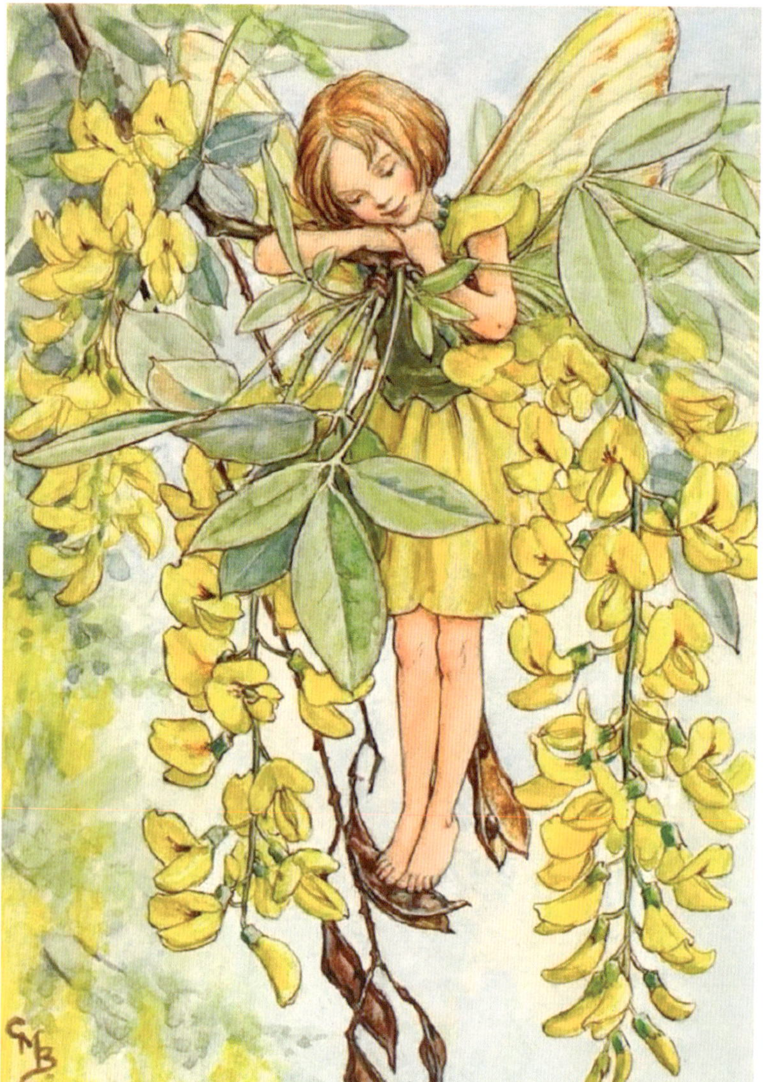

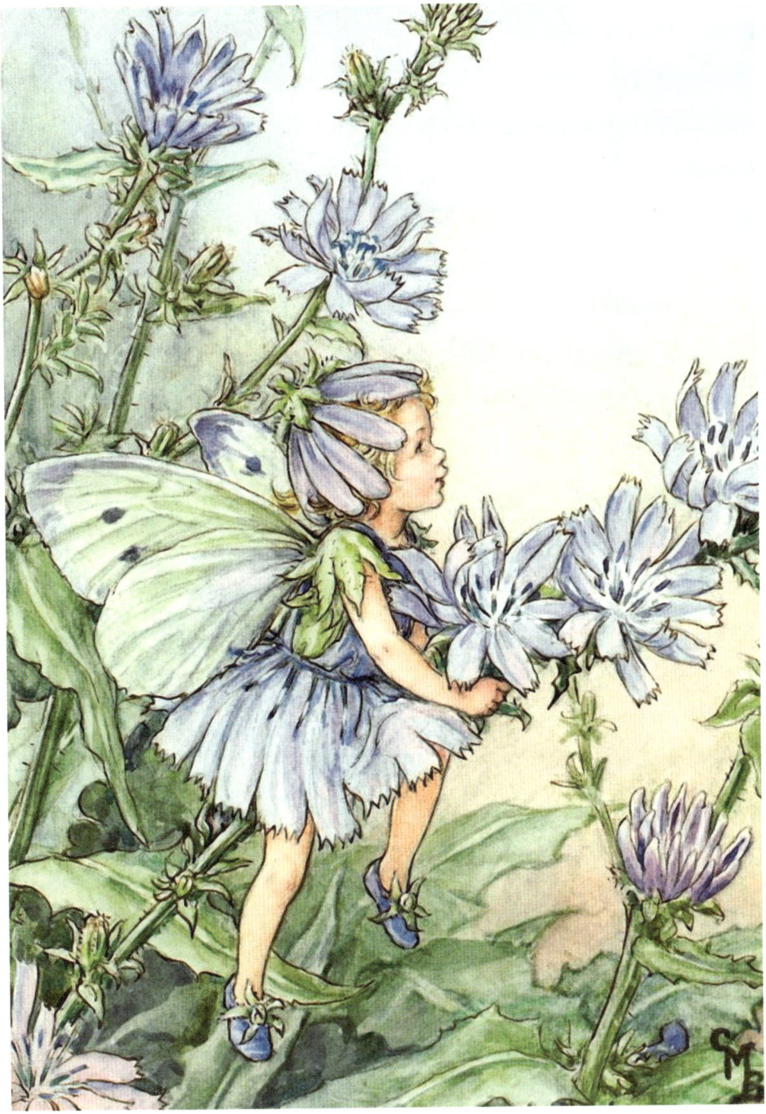

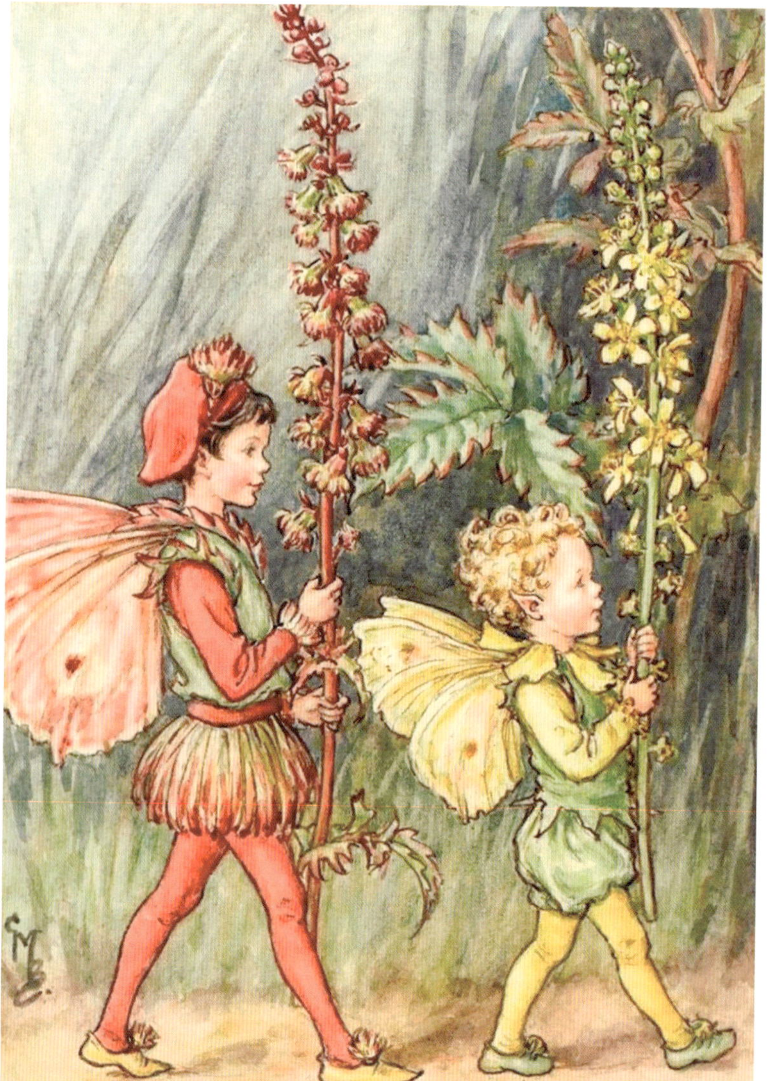

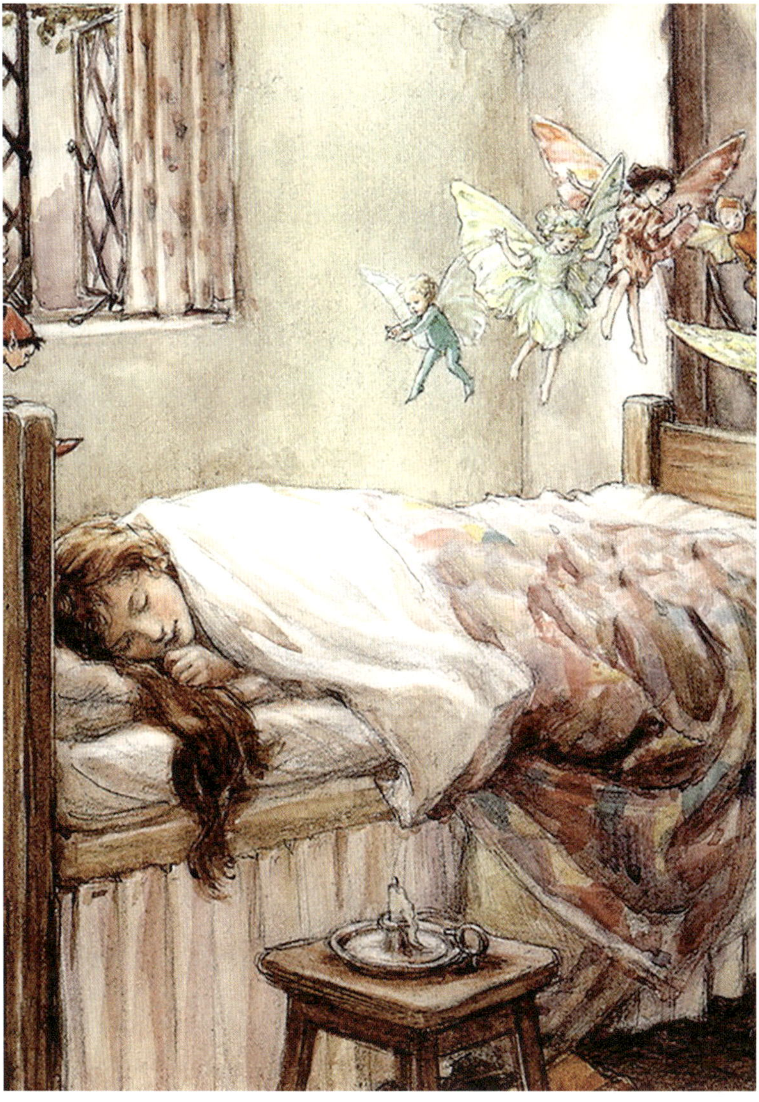

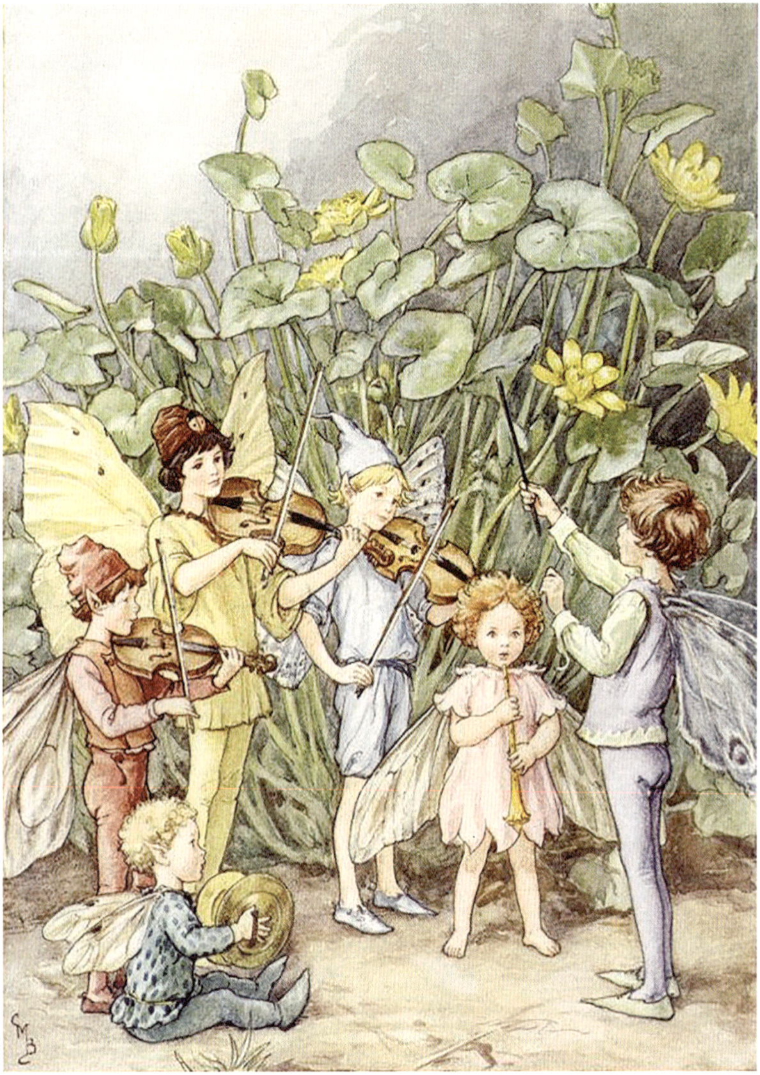

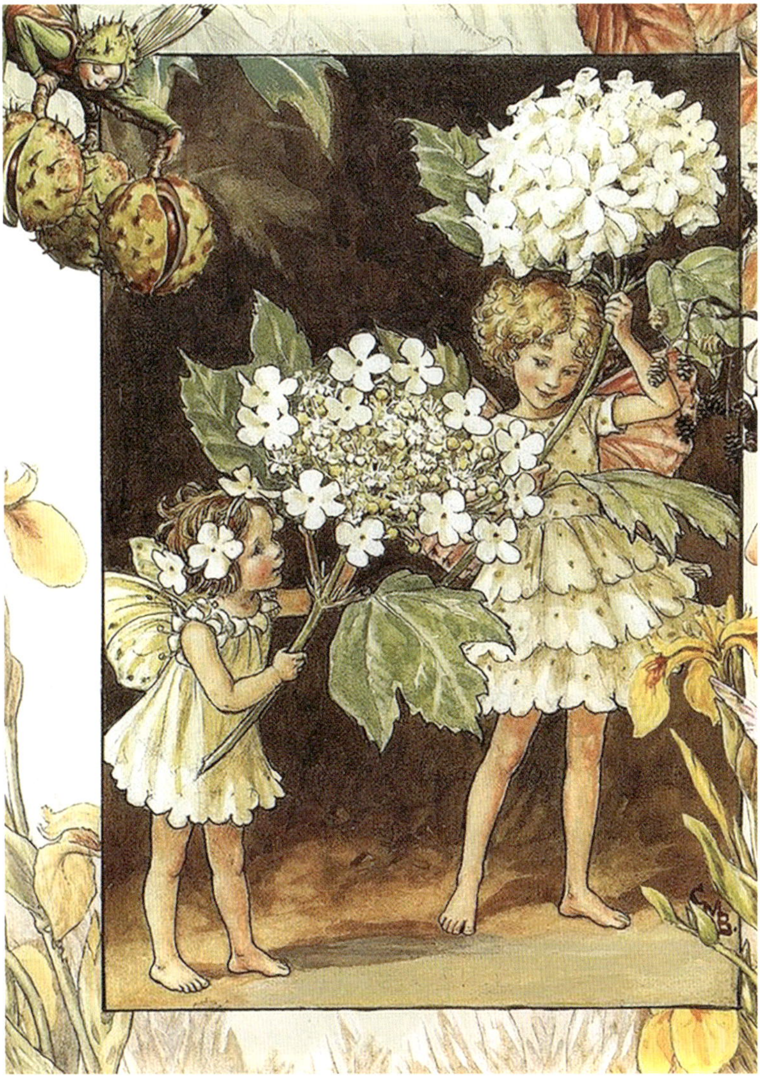